DREAMBOOKS

독공의 대가

권이백 신무협 장편소설

ORIENTAL FANTASY STORY & ADVENTURE

dream
books
드림북스

독공의 대가 7

초판 1쇄 인쇄 / 2015년 4월 17일
초판 1쇄 발행 / 2015년 4월 24일

지은이 / 권이백

발행인 / 오영배
책임편집 / 편집부
펴낸 곳 / (주)삼양출판사 · 드림북스

주소 / 서울시 강북구 도봉로 173
대표 전화 / 02-980-2112 팩스 / 02-983-0660
편집부 전화 / 02-980-2116 팩스 / 02-983-8201
블로그 / blog.naver.com/dreambookss

등록번호 / 제9-00046호
등록일자 / 1999년 3월 11일

ⓒ 권이백, 2015

값 8,000원

(주)삼양출판사 · 드림북스의 서면 허락 없이는 어떠한
형태나 수단으로도 이 책의 내용을 이용하지 못합니다.

ISBN 979-11-313-0253-8 (04810) / 979-11-313-0126-5 (세트)

* 지은이와 협의하에 인지는 생략합니다.
* 잘못된 책은 구입한 곳에서 바꾸어 드립니다.

이 도서의 국립중앙도서관 출판시도서목록(CIP)은 서지정보유통지원시스템홈페이지
(http://seoji.nl.go.kr)와 국가자료공동목록시스템(http://www.nl.go.kr/kolisnet)에서
이용하실 수 있습니다. (CIP제어번호: 2015011164)

毒功大家

독공의
대가

7

권이백 신무협 장편소설

ORIENTAL FANTASY STORY & ADVENTURE

dream
books
드림북스

독공의 대가

武功大家

목차

第一章

첫 시험 완료

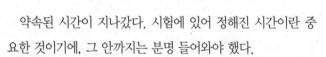

　약속된 시간이 지나갔다. 시험에 있어 정해진 시간이란 중요한 것이기에, 그 안까지는 분명 들어와야 했다.

　촌각이 지나갈 때마다 사람들의 눈에는 긴장감이 가득 차기 시작했다.

　"대체 누가 가장 먼저 올까?"

　"그게 중요하겠어? 어떤 독이냐가 더 중요하겠지."

　"그것도 그런가? 하기야 강한 독을 가져오는 것이 가장 중요하기는 하지."

　첫 시험의 결과를 보기 위해서 독곡에 있는 많은 이들이 다시 모여들었다. 우려보다는 기대가 큰 사람들이었다.

독인의 시험 자체가 한 번의 대를 거치고서야 있는 시험이다. 기대가 크지 않으면 그게 더 이상하였다.

게다가 이번에는 녹군의 사람들도 함께 참여를 하지 않았는가.

독막이 자연스레 독인을 배출할 것이라 여겼거늘 이변이 꽤 많았다. 또한 생각 이상으로 규모가 커진 시험이었다.

"오오! 저기다, 저기! 온다!"

가장 먼저 모습을 드러낸 자들은 녹군의 사람들이었다.

지난 오 일 간의 일정 동안 그들도 결코 쉽게 움직인 것은 아닌 듯했다.

얕은 상처 정도를 달고 오는 자들은 수도 없이 많았고, 또 일부는 다음 시험을 보지 못할 만큼 중한 상처를 입은 자들도 있었다.

처음에 스물 정도의 녹군들이 나섰으나, 지금 보아하니 다음 시험에 차질 없이 나설 자는 잘해야 다섯에서 열 정도 사이가 될 듯했다.

허나 확실히 고생을 한 만큼 결과는 있어 보였다.

"공동으로 가져와도 되는 것이지요?"

본디 첫 시험은 어차피 의식적인 측면이 강하였다.

시험 자체가, 그 옛날 위험하기만 하던 독곡으로부터 살아남았던 조상들의 의식을 기리는 것과 다를 바가 없기 때문이다.

마지막의 시험이 독인을 뽑는 최종의 시험이라 할 수 있는 시험이니 첫째 시험은 그리 빡빡하지만은 않은 편이었다.

쉽게 말해 일반적으로 이해할 수 없는 더러운 수만 쓰지 않으면 된다 이 말이다.

"양만 충분하다면 상관은 없네. 그래, 어떤 독을 가져왔는가?"

"화웅(禍熊)을 잡아 왔소이다."

화웅. 독곡에만 있는 특이한 곰들 중에 하나다.

독이 있는 먹이를 먹기 때문인지, 타고난 독 때문인지는 모르나 그들의 발톱에는 언제나 맹독이 스며들어 있었다.

미심쩍다는 표정으로 바라보는 사혼방이다.

"화웅을?"

"그렇습니다."

몸에 좋다는 웅담을 빼고도, 곰치고는 그 맛이 좋은 편이라 녹군의 사람들은 종종 화웅을 잡아오곤 했다.

분명 화웅도 곰은 곰. 곰을 잡는 것이 보통 일은 아니니 평소라면 진즉에 축하를 했을 사혼방주다.

하지만 지금으로선 미심쩍을 수밖에 없었다.

"화웅이라…… 흐음……."

지금 치르는 것은 시험이 아닌가. 그것도 독인을 뽑는 시험이자, 선조들의 의식을 기리는 시험이다.

평소에도 종종 잡는 화웅을 가지고 시험을 합격시키기에는 부족한 면이 없지 않아 있었다. 아무래도 격이 부족하였다.

어디까지나 시험은 그들이 정복하지 못하던 것, 정복하기에 극한으로 힘든 것을 정복해 내야만 했다.

"걱정스러운 것입니까?"

"솔직히…… 이것으로 합격을 하기에는……."

"……."

녹군의 호일운은 대답을 하지 않았다.

대신 그는 때가 무르익었다 여긴 건지 뒤를 바라보며 고개를 끄덕일 뿐이었다. 그는 자신이 시험에 떨어질 이유는 전혀 없다는 듯 여전히 자신만만할 뿐이었다.

차아악.

수레의 위 천막에 가려져 있던 화웅의 몸이 그대로 드러난다.

"우와!"

사람들은 대번에 모습을 드러낸 화웅을 보자마자 자신도 모르게 감탄사들을 내뱉었다.

화웅은 생각 이상으로 덩치가 컸다. 화웅이 곰인 것을 감안하여도 보통 이상이다.

덩치만이 중요한 게 아니었다. 그 덩치 안에 숨겨진 다른 모습들이 중요하였다.

다른 화웅들에게는 없던 기다란 흉터들과 요사스러운 빛을 뿜어내는 발톱이 사람들의 시선을 확하고 끌었다.

다들 그 요사스러움에 물들어 가고 있을 때, 사혼방의 방주는 나이를 먹었어도 예리함을 잃은 것은 아닌지 눈앞의 것이 무엇인지를 제대로 알아봤다.

"……설마."

"제대로 확인하여 보시지요."

사혼방주가 자신도 모르게 한 걸음 더 다가가 본다. 좀 더 가까이에서 결과물을 확인하려 한 것이리라.

"……화웅의 우두머리를 잡아 온 것인가?"

저 기다란 흉터. 요사스러운 발톱. 거대한 덩치.

사혼방주가 본 것이 제대로 맞다면 녹군의 사람들은 괴물을 잡은 게다. 수명을 넘어도 죽지도 않고 지난 수십 년간을 살아 숨 쉬던 전설, 화웅의 우두머리를!

확인을 시켜주려는 듯 호일운이 고개를 끄덕이며 말한다.

"맞습니다. 덕분에 애를 먹었지요."

"허허…… 저 괴물을 잡을 줄이야. 대단하군!"

살아생전의 놈은 강하며 영리했다. 아니 약았다고 하는 것이 맞을 것이다.

요사스러운 빛을 내뿜을 만큼 강한 독을 가지고 있음에도,

놈은 사람을 노렸다. 그것도 녹군이나 독막의 무사들이 아닌 일반인만 집요하리만치 노렸다.

쉽게 잡을 수 있는 사람과 쉽게 잡을 수 없는 사람을 구분하며 잡았다는 말이다. 그러니 약다 할 수밖에.

그런 놈을 녹군은 오 일 만에 잡았다. 아니, 오 일도 걸리지 않았다. 그들은 향초가 꺼지기 전에 도착하였으니까.

겉으로 내색은 하지 않아도 꽤 힘든 일이었을 것이 분명하다. 시험에 통과하기 위해서 무리를 하다 보니 부상자들도 꽤 나온 것이리라.

이렇게 되면, 사혼방주가 할 수 있는 선택지는 단 하나밖에 없었다.

"합격일세! 화옹의 우두머리를 잡았는데 합격을 안 시킬 수는 없지 않겠는가!"

"우와아아아아!"

"와아!"

그의 합격 선언이 있자마자 사람들의 환호성이 크게 퍼지기 시작한다. 녹군이 평소 독곡의 사람들에게 신뢰를 쌓아 두었는지, 그 환호에는 진심이 담겨 있었다.

하기야 오랜 시간 만에 벌어진 독인 시험에서 첫 시험 합격자가 나온 것이다. 환호가 나오지 않으면 그게 더욱 이상하였다.

묵직한 성격을 가진 호일운도 환호에는 기분이 좋은 것인지 희미하지만 얼굴에 작은 미소를 맺고 있었다.

지금 이 순간만큼은 그도 어느 때보다 좋은 기분을 느끼고 있을 것이 분명했다.

잠시의 기쁨을 만끽하던 그가 다시 사혼방주를 바라보며 묻는다.

"두 번째 시험을 바로 해도 되겠습니까?"

"허허. 평소답지 않게 성격도 급하기는…… 잠시만 기다려 주게나. 아직 첫 시험이 끝나려면 한 시진은 더 남지 않았던가? 남은 이들도 기다려 주어야지."

"예."

"그리고…… 뒤의 다른 녹군의 아이들도 챙겨줘야 하지 않겠는가?"

부상을 입은 녹군들을 말하는 것이었다. 부상자들은 최대한 내색을 안 하려고 하고 있지만 그들이 느끼고 있는 고통은 보통을 넘을 것이 분명했다.

호일운은 녹군의 다음 대를 이끌 자로서 그런 자들을 챙길 의무가 있었다. 사혼방주는 그것을 지적한 것이다.

"……실수했군요. 감사합니다. 먼저 파하도록 하지요."

"허허. 잘 생각하셨습니다. 그럼 저는 마저 기다리고 있도록 하지요."

"그럼 다음 시험에 뵙겠습니다."

호일운이 방주에게 예를 올리면서 물러난다. 평소 방주를 존경하고 있는 듯 예를 취하는 모습이 경건하기 그지없었다.

예를 받으면서도 흘긋 남은 시간을 알리는 향이 타고 있는 것을 확인하는 것을 보면 다른 시험 응시자들을 신경 쓰고 있긴 하는 듯했다.

허나 이대로만 머물기에는 부상을 입은 자들이 너무 많았다. 화웅의 독은 그만큼 독하였다.

"모두 돌아가도록 하지!"

"예!"

녹군의 사람들이 가장 먼저 시험장에 도착하여 가장 먼저 물러났다.

돌아가는 그들의 뒤로는 그들의 공을 칭송하는 독곡의 사람들의 환호가 계속될 뿐이었다.

* * *

"와아아! 다음 사람이 온다!"

다시 시간이 지나가고, 다음 시험에 떨어질 수는 없다 여긴 것인지 다음 시험 참여자도 들어왔다. 이번에는 사람들이 아닌 한 개인이었다.

개인이 왔다는 소식에 일독지문의 문주가 된 운민은 혹여 돌아온 참가자가 왕정일까 싶어서인지 고개를 쏙 빼어 들고 는 들어오는 자를 바라봤다.

"아……."

하지만 돌아오는 자는 그녀가 기대하는 자가 아니었다.

적이라고도 할 수 있는 독막의 문주와 그 휘하의 독막 무사들이 녹군 다음으로 들어왔다.

"허허. 본디 주인공은 천천히 오는 법이 아닙니까? 너무 염려 마시지요."

"……예. 오시겠지요."

한 노야가 운민을 위로하는 동안 운마군이 자신만만한 눈빛으로 시험장의 중앙인 방주의 앞에 자리를 잡았다. 어느샌가 독막의 무사들은 문주 운마군을 중심으로 반원을 형성하고 있을 정도였다.

독막의 문파원에 가려 시험의 주인공 중 하나나 다름없는 운마군의 모습이 다른 이들에게는 잘 보이지 않는 상태였다.

자신을 보좌하기 시작한 문파원들을 제외하고는, 처음 함께 시험을 위해서 출발을 했던 다른 독막의 무사들은 보이지도 않는데 막의 문주인 운마군은 여전히 자신만만한 표정이었다.

되려 오만해 보일 정도였다. 모든 것이 자신이 원하는 데로 돌아가고 있다고 여기는 듯한 태도다.

사려가 깊은 사혼방주는 그의 그런 태도를 읽어낼 법도 하건만, 짐짓 모르는 척 자신이 할 일만을 할 뿐이었다.

"두 번째로 오셨구려."

"화웅 시체를 보고 예상은 했습니다만은…… 둘째로군요. 첫째는 누구입니까?"

"녹군이오. 호일운을 대표로 하여 함께 잡아 왔소."

"역시……."

방주의 대답에 운마군이 고개를 끄덕인다. 자신의 예상대로 돌아간다고 여기는 듯한 태도다.

그의 태도를 보면 애시당초 왕정이 첫째로 올 것이라고는 여기지도 않는 듯했다.

"독막에서는 무엇을 가져왔는지요? 아니, 홀로 왔으니 문주가 무엇을 가져왔는지를 물어봐야 맞겠구려."

그는 대답 대신 물었다.

"녹군은 함께 시험을 봤나 보지요? 개인이 아닌 단체로서의 시험이었습니까?"

"그렇소이다."

"흐…… 역시 그들답군요. 그들은 항상 함께 하고는 하지요."

말만 들어보면 짐짓 녹군에 대한 칭찬일 수도 있었다. 하

지만 그의 오만한 태도를 염두에 둔다면 녹군에 대한 조롱인
듯도 해 보였다.

혼자가 아니라 함께 시험을 치른 그들을 조롱하는 것처럼
들렸다 이 말이다.

"커흠……."

"저런. 쯧…… 아무리 독막이 성세를 자랑한다지만 저래서
야……."

녹군에 인연이 있는 자, 시험에는 들지 않았으나 녹군에
적을 둔 자들은 그런 운마군의 태도에 작게 불만을 표할 뿐
이었다.

허나 녹군의 지도자가 아니고서야 당장에 운마군과 대적
할 수 있는 자는 이곳에 단 한 명도 없었다. 누가 뭐래도 그
는 독곡 내부에서 수위를 다투는 자였으니 당연한 이야기다.

운마군 또한 그것을 알기에 저런 오만한 태도를 할 수 있
는 것일지도 몰랐다.

"후우…… 일을 어렵게 만드는군."

다만, 운마군의 아군이라 할 수 있는 장로 안일지까지 한
숨을 쉬는 것은 꽤나 의외였다.

그는 독막이 독곡을 지배하는 것에는 찬성을 하고 있지만,
운마군의 저러한 태도까지는 찬동하고 있지 않는 듯했다. 유
한 성격을 가지고 있는 그다웠다.

오만한 운마군에 비해서는 꽤나 이성적이라 할 수 있었다.

작은 소요가 지나가자, 그제야 때가 되었다 여긴 것인지 사혼방주가 운마군에게 물었다.

"그래. 독막에서는 무엇을 가져왔는가?"

"이것이오."

투욱.

운마군의 품으로부터 있던 주머니 하나가 툭하고 바닥에 떨어졌다.

그를 기다렸다는 듯 자연스럽게 뒤에 시립하고 있던 독막의 무사 하나가 주머니를 들어서는 방주에게 열어보였다.

"흐으……"

"이게 무슨 냄새야?"

독막의 무사가 주머니를 열자마자 생각지도 못한 강한 악취가 주머니에서부터 뿜어져 나왔다. 그 악취가 너무 강한 터라 가까이에 있던 자들 모두 코를 쥐어 잡을 정도였다.

사혼방주는 의외로 가장 가까이에 위치하고 있음에도 아무런 표정 변화도 없이 주머니를 가져오라 손짓을 했다.

독막의 무사는 인상을 잔뜩 찡그린 와중에서도 방주에게 주머니를 가져다주었다.

잠시의 확인 후. 사혼방주가 확인하듯 물었다.

"흠…… 액독이구려?"

액독.

독 기운이 있는 곳에 자연스럽게 생성되는 독액을 흔히 독곡에서는 액독이라 말한다.

독곡의 독기가 모여 만들어진 독들 중 하나이며, 그 위력은 어디서 액독을 구했느냐에 따라 급이 나뉜다.

말만 들어서는 구하기 쉬운 듯하나, 액독을 구하기 위한 과정은 위험하기 그지없다.

실제로 액독을 구하기 위해서는 독이 살아 숨쉬다시피 한 곳을 거쳐 가야 하니 알만하지 않은가?

보통 사람이면 그 주변에만 가도 죽어 버린다. 괜히 독액이 자연스레 생성되는 곳이 아닌 것이다.

"역시…… 방주님은 잘 알아보시는군요? 하기야 사혼방에서도 주술에 사용하기도 한다 들었습니다. 그 가치는 당연히 아시겠지요?"

다 알고 있으면서도 모르는 척 말을 하는 운마군이다. 알아서 자신을 알아주기를 원하는 오만한 성격이 엿보이는 태도였다.

사혼방주는 그런 운마군의 모습에 속이 뒤틀릴 법도 하건만, 오직 그가 가져온 액독만을 품평하고 있었다.

"상급. 아니 그 이상. 최상급임을 알겠소이다."

확실히 대단한 액독이었다. 액독의 가치만을 놓고 보자면 운마군이 거만한 것도 이해가 될 정도였다.

별다른 이견이 없이 자신의 수고를 알아줘서 기분이 좋은 것일까. 운마군이 신이 난 듯 시원스레 말한다.

"이번 시험이 끝나면, 사혼방에 나머지는 기부를 하겠소이다!"

"허허. 그러면 감사하겠소이다."

거절을 않는다. 늙은 노인의 능청스러움이 어디로 간 것은 아닌지, 사혼방주 또한 자연스럽게 제안을 받아들였다.

아무런 수고도 없이 귀하디귀한 최상급의 액독을 얻었으니, 누가 봐도 방주가 남는 장사였다.

"그럼 답은 나온 것이겠지요?"

"아무렴! 문제가 있겠소이까. 당연히 합격이오!"

방주가 합격을 외쳤으나, 독막의 사람들을 제외하고는 환호를 하는 자들이 없었다. 독막의 사람들도 조심스레 축하한다 외칠 뿐이었다.

평소 독막에서 운마군의 행실을 보여주는 장면이었다. 꽤 독단적이며, 또한 오만할 것이 분명했다.

"하하. 예상은 했으나…… 좋습니다."

그는 자신의 합격이 당연하다는 듯, 크게 웃으며 자화자찬을 할 뿐이었다.

방주는 이대로 운마군이 있어 보았자, 분위기만 처지겠다 여겼기에 조심스레 운마군에게 말을 전했다.

"다음 시험이 있기까지 시간이 좀 있으니, 먼저 가도 괜찮소이다. 시험을 치르느라 꽤 피곤했지 않겠소?"

헌데 운마군은 예상외로 방주의 제안을 거절했다. 되려 얼마 남지 않은 향초에 눈짓을 하며 말했다.

"후후. 아닙니다. 남은 시간이라고 해봐야 반 시진도 안 되지 않습니까? 일독지문이 탈락하는 것은 보고 가야지요."

일독지문의 탈락이 당연하다는 태도였다.

"허허⋯⋯."

중립을 지켜야 하는 방주는 그저 웃음으로 넘기려고 하였으나, 그에 발끈하여 나서는 자가 있는 것은 당연했다.

"허튼소리 하지 마세요! 사숙은 꼭 합격을 하실 거라고요. 첫 시험부터 떨어질 리가 없잖아요."

일독지문 문주 운민이다. 그는 왕정에 대한 믿음이 확고한 듯, 그의 실패를 예견하는 운마군에 크게 분노하고 있었다.

운마군은 기다렸다는 듯이 비릿하게 웃으면서 말했다.

"첫 시험에서 떨어지는 자들이 거의 없기는 하지⋯⋯ 처음부터 실력을 갖춘 자들이 시험을 치르니 말이야."

"그러니까 저희 사숙도 붙으실 거라고요."

"흠⋯⋯ 처음부터 실력을 갖춘 자라고 하지 않았나."

"그럼 저희 사숙님이 실력이 없으시다는 건가요?"

"과연 독곡이 아닌 곳에서 독공을 익힌 자가 강할까? 중원의 표현을 빌리자면 어불성설이겠지."

운마군의 말은 오만하다. 하지만 사실이기도 했다.

그렇기에 운마군을 마음에 들어 하지 않는 다른 독곡의 사람들도 운마군의 말에 작게 동의를 하고 있었다.

독곡이 아닌 곳에서 독을 익힌 자가 과연 강할까? 독곡의 사람들이 생각하기에는 불가능한 일이었다.

독공은 독을 흡수하거나 지배하여 익히는 것이다. 또한 익히는 데 독을 필요로 하기에 독공이기도 했다.

결국 독을 가진 독물과 독공은 떼려야 뗄 수 없는 관계인 것이다.

그러니 독곡이 아닌 곳에서 독공을 익히지 않은 자는 약하다고밖에 할 수 없다. 독곡 이상 가는 독물은 없으니까.

여기서 독곡의 사람들이 독곡을 떠나기 힘든, 대를 이어가며 독인을 보내지만 쉬이 새로운 보금자리를 찾을 수 없는 모순이 발생하기는 한다.

하지만 이는, 지금 중요한 것이 아니었다. 지금 가장 중요한 건 역시 독곡이 아닌 곳의 독공은 약하다는 인식이었다.

운민도 그러한 인식을 알았다.

허나 그녀는 믿는 바가 있었다. 독존황을 믿었으며, 자신을 위해 진심을 보여주던 왕정이 믿음의 근거다.

"사숙은 분명 해낼 겁니다!"

문제는 이런 믿음이 쉽게 전해질 수 있을 리가 없잖은가.

운민의 외침에도 운마군은 여전히 비릿한 웃음을 짓고 있을

뿐이었다.

"큭…… 그 비루한 믿음이 과연 보답을 받을지는 모르겠

군."

"이익!"

화를 주체하지 못하는 운민이다. 운마군을 향해서 바로 몸

을 날리지 않는 것이 그녀로서는 최대의 인내심을 바휘한 것

이리라.

운마군은 그녀의 속을 제대로 긁을 심산인 듯했다.

"차라리 지금 당장 일독지문이 독막에 들어오는 것이 어떤

가? 어차피 실패할 시험인데 말이지."

"무슨 근거라도 있는 건가요? 가장 쉬운 첫 번째 시험을

떨어질 거라고 생각하는 근거요!"

"근거? 훗…… 무슨 말이 필요한가?"

뭔가 있다. 운마군의 비릿한 웃음 가운데에서 그의 표정에

스쳐 지나간 무언가를 눈치챈 운민이다.

사혼방주를 제외하고는, 그의 가장 가까이에 있는 자가 그

녀이기에 눈치챌 수 있는 것이기도 했다.

'설마…….'

수작이라도 부린 건가? 운마군을 제외한 다른 독막의 무사들이 아직 오지 않는 것은 무슨 이유가 있는 건가?

처음부터 그들은 시험이 아닌…… 다른 것에 집중을 하고 있었던 것일까?

꼬리를 물고 이어져 나가는 의문에 정신까지 혼미해져 가는 운민이었다. 이제 막 성년이 된 그녀로서는 선뜻 받아들이기 힘든 의문들이었다.

아니, 차라리 다른 일, 다른 생각이라면 혼미해지지 않았을지도 모른다.

'아아. 사숙, 아니 사조님…… 설마…… 제가 생각하는 그런 일이 발생한 것은 아니겠지요?'

현재의 자신에게 모든 기회를 열어 준 왕정에 관련된 일이기에 이렇게 혼란스러워 하는 것이리라.

그런 운민의 상태를 눈치를 챈 한 노야가 운마군과 운민의 대화에 끼어들었다.

"허허. 독막의 문주께서는 과거의 인연은 생각지 않으시는 듯 보입니다."

아무리 운마군이라고 하더라도 한 노야를 무시할 수 는 없었다.

어쩌면 지금의 왕정, 운마군과 비견되는 실력을 가졌을지도 모를 이가 한 노야이기 때문이다.

일독지문은 저물어 가는 해일지언정, 한 노야만큼은 진짜 배기인 것이다.

"흠…… 이미 오래전에 흐트러진 인연이 아닙니까? 이제는 재정립을 할 시기도 슬슬 되었지요."

"재정립이라…… 그게 과연 생각대로 되시겠습니까?"

"일독지문의 사람들은 이상하게 희망만 넘치는 것 같습니다? 후후."

남의 속 뒤집는 말을 쉽게 하기만 하는 운마군이다. 언제부터인가 그는 자신의 야욕을 전혀 숨기지 않고 있었다.

이미 일독지문이 끝났다고 여기는 듯한 태도였다. 한 노야가 그런 그를 바라보며 읊조리듯 말하였다.

"무엇인가를 했군요……."

"모를 일 아닙니까? 하하."

불찰이다. 녹마군의 시커먼 속을 짐작했어야 했다.

뒤늦게서야 후회를 해 보는 한 노야다. 설마 운마군이 신성하기만 한 독인 시험에서 수작질을 부릴 것이라고는 생각지 못한 한 노야였다.

자신의 예상 이상으로 운마군은 타락한 듯 보였다.

운마군이 비릿함을 넘어 크게 웃으면서 말하였다. 그의 시선의 끝은 다 타들어 가는 향의 끝에 가 있었다.

"하하. 이거 시험 종료를 외쳐야 하지 않겠습니까, 방주?"

"······."

방주가 침묵한다.

독곡 정신의 상징이라 할 수 있는 방주로서는 현 상황이 마음에 들지 않는 것은 매한가지인 듯했다.

방주로서도 왕정이 어서 오기를 바라고 있을 것이다.

허나 시간은 야속하게만 흘러가고 있었다. 처음 태울 때만하더라도 길고 길던 향이 마지막이라는 것을 알리는 듯 다 타올라가고 있었다.

"시험의 종료를······."

그때다! 오지 않을 것만 같았던, 꺼져 가는 희망인 줄로만 알았던 목소리가 들려왔다.

"종료는 제가 오고 나서 해도 충분하지 않겠습니까?"

왕정이었다.

"사숙!"

꺼져가던 희망이 다시 밝혀졌다.

第二章

분노를 사다

"사숙!"

운민이 왕정에게 안기듯 다가간다. 왕정에게 다가서는 그 눈빛이 아주 다정하기 그지없었다.

짧은 시간 동안 쌓은 인연이지만 현재에 와선 한 노야만큼 이나 소중하다 할 수 있는 왕정이다.

그런 왕정이 별 문제 없이 되돌아왔다. 그는 그녀의 걱정이 무색할 정도로 다친 곳 하나 없는 성한 몸인 상태였다.

양손에 들린 각기 커다란 크기를 자랑하는 것들이 신경 쓰이기는 했지만, 첫 번째 시험을 위해 가져 온 독물일 것이 분명했다.

"잘 돌아오셨어요! 늦으셔서 걱정을 했다고요."

"하하. 이래저래 꼬이는 날파리들도 처리를 해야 하고……
선물도 해야 해서 말이지."

운민에게 답을 하면서도, 동시에 왕정은 비릿한 웃음을 지
운 지 오래인 독막의 운마군을 직시하고 있었다.

이미 네가 무얼 했는지를 다 안다는 듯한 태도였다. 오만
하던 운마군으로서는 당황스러울 수밖에 없는 상황이었다.

"……설마."

수하들을 보냈다. 그럼에도 왕정은 핏줄기 하나 묻지 않은
몸으로 돌아왔다.

처음 왕정을 봤을 때는 자신이 보낸 수하들이 왕정과 마주
치지 못했는가 싶었다. 독공은 아니어도 의외로 경공이라도
대단한가 싶었다.

헌데 왕정의 눈을 보아하니 그것은 아닌 듯했다. 분명 자
신의 수하들과 마주쳤다.

그리고 그는……

무슨 수를 썼는지 몰라도 일독지문의 대표로 나선 왕정은
자신이 보낸 독막의 무사들을 전부 이겨냈음이 분명했다.

"그럼 일단은 시험 종료부터 하고 올게."

"예!"

놀랐던 운민을 잠시 달래었던 왕정은, 운민을 그대로 두고

는 사혼방주가 있는 곳으로 향하였다.

"……준비는 제대로 해야 하지 않겠소?"

몸을 움직이는 도중 독막의 운마군에게 들리도록 말을 읊조린 것은 우연이 아니었을 것이다.

"……크윽."

왕정의 말에 분노에 차, 순식간에 핏발선 눈을 하는 운마군이었다.

그는 왕정이 부상 하나 없이 온 것에 대한 놀람보다는, 자신에게 실패를 안 겨준 것에 대한 분노를 더욱 크게 느끼고 있는 듯했다.

그런 그를 왕정은 신경도 쓰지 않은 채로 방주를 향해 걸어갈 뿐이었다.

마지못해 시험의 종료를 외치려던 방주로서는 왕정이 왔다는 것에 반가움을 느끼는 것인지 사람 좋게 웃어 보였다.

"허허. 사람을 놀라게 하는 재주가 있으시구려?"

"준비가 많다 보니 그리 되었습니다. 하하."

"준비라 함은?"

"하나는 시험을 위한 것이지요. 우선 시험 결과부터 보아야겠지요? 저 때문에 기다린 분도 많으니 말이지요."

"허허. 사람을 기다리게 만들 줄을 아시는구려. 보여주시게나."

왕정은 자신의 손 왼편에 있던 것을 사혼방주에게 가져다 대었다. 짐짓 예의 없어 보일 만도 하건만 방주는 호기심 어린 표정으로 주머니를 받아 들 뿐이었다.

그리고 안을 내다 본 그는.

"호오……."

만족스럽다는 표정을 할 뿐이었다. 그는 주머니에 있던 것의 시체를 꺼내어 들었다.

"염황사(炎皇蛇)요!"

염황사.

염황사 오장육부를 녹게 함은 물론이고, 그 주변까지 녹아들게 하는 강한 독을 가진 뱀이다.

이러한 강한 독 외에도 염황사는 다른 특이점을 지니고 있었다.

단지 독만 강한 것이라면 독곡에서도 뱀중지왕이라며 염황(炎皇)이라 이름을 붙여주지 않았을 것이다.

놈은 다른 뱀들과 다른 방식으로 사냥을 한다. 특이하게도 놈은 뒤꿈치 같은 곳은 노리지 않는다.

염황사는 상대의 뒤가 아닌 목덜미를 노린다.

무슨 수를 쓰는지 몰라도, 놈은 절정고수처럼 순식간에 몸을 날려 짐승이든 인간이든 목덜미에 독아(毒牙)를 찍어 박는다.

염황사의 독 덕분에 독아가 박힌 목덜미에서부터 몸이 녹아드는 것은 당연한 일인 터.

녀석은 그것을 즐기기라도 하는 듯, 사냥감이 독에 녹아드는 것을 한참을 두고 바라본다.

그 기다림 뒤, 녹아버린 시체와 자신이 내뱉었던 독을 다시 삼키는 것이 염황사다. 다른 뱀들과는 달리 괴사(怪蛇)라면 괴사인 셈이다.

그런 염황사를 왕정이 잡아 왔으니 놀라는 것도 무리는 아니었다.

"독곡에서 보기 힘든 귀물을 용케도 잡아 왔구려?"

"운이 좋았습니다."

"허허. 과연 운만으로 될지는 모르겠소이다."

"보아하니 만족스러운 듯해서 다행입니다. 시험의 결과는 어찌 되는 거지요?"

"당연히 합격이오!"

합격 선언이다. 잡기 힘든 염황사를 잡아 왔으니, 시험에 합격치 못하면 이상한 일이었다. 당연한 합격이다.

"우와아아아!"

"중원에서 왔다는데…… 대단한데?"

선언이 있자마자 기다렸다는 듯이 일독지문의 문파원들이 크게 환호를 하였다. 희망을 가지기 시작한 그들이기에 내지를 수 있는 큰 환호였다.

손짓으로 일독지문의 환호를 잠재운 왕정은, 몸을 돌려 독막의 운마군을 바라봤다.

"재미있는 선물을 주시더군요? 아니, 소소한 선물이라고 해야 할지도요."

"선물이라…… 본인은 선물을 보낸 기억이 없네만? 독곡에 와서 긴장이라도 했나 보군. 착각을 다 하고 말일세."

말은 여유롭게 하는 듯하지만 운마군의 표정은 그리 좋지 않았다. 되려 전의 오만함은 잊은 지 오래인 듯 약간은 긴장한 표정을 짓고 있었다.

그가 몰래 벌인 일의 결과가 무엇일지를 가늠하고 있기에 긴장하고 있는 것이다.

반대로 왕정은 자신의 뜻대로 상황이 맞물려 돌아가고 있기에 더더욱 여유로워진 표정으로 말을 이어 나갔다.

"받은 이가 선물이라 생각하면 선물인 거겠지요. 하하."

"뭘 말하고 싶은 것인가?"

"선물이라고 다 받아서 쓰겠습니까? 특히나 그런 쓸모없는 선물은 가려가면서 받아야지요. 선물 하나 못 가리면 거지새끼지요."

"뭐라? 다시 말해 보게나!"

대체 뭘 말하고 싶은 걸까.

왕정은 운마군이나 짓던 비릿한 웃음을 지으며 오른손에
들고 있던 꽤나 큼직한 주머니를 툭하고 던졌다. 던진 방향
은 당연히 운마군의 앞이었다.

자신이 처음 사혼방주에게 했던 행동을 그대로 돌려받고
있는 운마군이었다.

"뭐, 이런······."

그가 무슨 말을 하든지 간에, 바닥에 툭하고 떨어진 주머
니는 이때를 기다리기라도 했던 건지 내용물을 뱉어내기 시
작했다.

툭. 투욱. 툭.

소리를 내면서 모습을 드러낸 '그것'들은 운마군의 발꿈치
에 가서야 구르기를 멈추었다. 그제야 운마군은 섬뜩하다는
듯한 표정을 지었다.

그것은 오로지 자신들만이 가지고 있어야만 하는 것이었
다.

다른 이의 손에 들어가서는 안 될, 독막의 사람들로서는
죽어서도 가지고 있어야 할 것이 자신의 발 아래로 뒹굴고 있
었다.

"······독륜."

색이 변질되었지만, 못 알아보는 것이 이상했다. 자신의 애
병기와 같은 것이니 알아야만 하는 것이었다.

못 볼 것을 본다는 듯이 놀란 운마군이 재미있다는 듯 바라보는 왕정이다.

"생각하셔서 준 듯한데, 저는 필요가 없어서 말이지요."

"어떻게 구했는가? 아니…… 그들은?"

그래도 제 사람은 챙기는 것인가? 웃기는 노릇이다. 제 사람을 챙길 것이었다면 애당초 이런 일은 벌여서는 안 되었다.

자신의 성격과 맞지 않은 운마군의 모습이었기에 왕정은 더더욱 상대의 화를 돋우며 말했다.

"모르지요. 독곡 어디에 뒹굴고 있을지도요."

본래부터 자신의 적이라 생각하는 자들에게는 자비가 없는 왕정이다. 그게 그가 가진 사냥꾼의 속성이다. 그는 자신을 공격하던 독막의 무사들을 확실하게 처리한 지 오래였다.

운마군도 그것을 직감한 듯했다. 그는 뼈를 씹어 삼키듯이 말하였다.

"……큰 빚을 졌군. 기회가 제대로 갚아주지."

"얼마든지요. 그 기회는 곧 올 듯하군요?"

기회가 무엇인지는 뻔하였다. 운마군도 왕정도 그 기회를 모를려야 모를 수가 없었다.

"……마지막 시험까지 올라오게나. 독이 무엇인지 한 수 보여 주지."

"그쪽이야말로 꼭 오시지요. 그럼 먼저 가 보도록 하겠습니다. 선물을 준비하느라 피로가 쌓여서 말이지요. 그럼 이만."

왕정이 운마군의 말을 그대로 돌려주고는 몸을 돌려 상황을 지켜보고 있는 사혼방주를 바라본다. 허락을 해달라는 표시였다.

"허허. 그러게나. 수고했네. 다음 시험에 부르도록 하지."

"예. 그럼……."

분노에 부들부들 떠는 운마군. 그를 홀로 두고는 시험장을 나서는 왕정이었다.

*　　*　　*

"왜 그렇게 늦으신 거예요? 예? 그리고 독룬은 대체 어디서 나신 거예요? 염황사는 또 어떻게……."

그녀는 일독지문에 도착을 하자마자, 종달새처럼 종알대듯 왕정에게 쉼 없이 묻기 시작했다.

지난 시간 마음을 졸이며 걱정한 것, 시험이 끝나기 직전까지 오지 않던 것, 운마군에게 했던 선물까지 궁금한 것투성이인 듯했다.

왕정은 그녀의 그런 물음에도 빙그레 웃을 뿐 아무런 말을 하지 않았다. 궁금함에 안달이 나 있는 운민을 보고 즐기고 있는 듯했다.

"사숙! 알려주세요!"

"하하. 다 수가 있는 거 아니겠어?"

"그러지 말고 좀 알려주세요. 네?"

왕정이 아무런 부상도 없이 왔다는 것에 기쁜 것인지, 그녀는 왕정의 팔을 잡고는 놓아주지를 않았다.

여인이 사내의 팔을 잡는 것은 아무리 이곳이 독곡이라고 하더라도 여인으로서 쉬이 할 만한 행동은 아니라 할 수 있었다.

하지만 옆에서 둘을 바라보고 있는 한 장로도 별 말없이 가만 지켜보고 있을 뿐이었다.

적당히 놀렸다 생각을 하는 것인지, 왕정은 그제야 설명을 해 주기 시작했다.

"연독기공을 익히기 시작했으니, 연독기공의 효용은 잘 알고 있겠지?"

"예. 확실히요."

꿈에서나 그리던 연독기공을 익히기 시작한 운민이다. 연독기공의 효용에 대해서 모르고 있을 리가 없었다.

왕정은 그녀의 답에 고개를 끄덕였다.

"그런데 그 효용이라는 것이 익히기 시작했다고 끝이 아냐. 익히면 익힐수록 더한 효용을 보여주는 것이 연독기공이지."

"흡독을 하는 것 외에도 다른 효용이 있는 건가요?"

"설마……."

한 장로는 말을 하지 않아도 알고 있는 듯했다.

하기야 연독기공을 찾아 헤매기 위해서 평생을 바치다시피 한 그가 아닌가. 모르면 그게 더 이상했다.

"예상하는 게 맞습니다. 흡독을 하는 것 외에, 연독기공이 팔성을 넘어서게 되면 독 그 자체를 느끼게 됩니다."

"독을 느낀다고요? 음…… 독공을 익히면 원래 독을 쉽게 느낄 수 있지 않나요?"

느낀다라는 것의 의미를 운민은 아직 쉬이 이해를 하지 못한 듯하다. 설명이 더 필요하였다.

"아니, 독을 느낀 다는 건 그런 정도의 수준이 아냐. 팔성을 넘기면 아예 주변 몇 장의 독을 느낄 수 있게 되지."

"그게 정말인가요?"

"그래. 아마 대성을 하게 되면 주변 몇 장이 아니라, 수십, 수백 장의 탐색이 가능할지도 몰라."

"화아…… 수십 장이라는 거지요?"

"그래."

감탄하는 운민이다.

자신이 익히고 있는 연독기공이 그런 것도 가능하다는 것인가?

최고의 독공이라는 이야기는 들었지만, 그런 효용까지 가지고 있을 거라고는 여기지 못한 운민이었다.

"그러니 어쩌면 연독기공은 독공의 최고 상위 무공일지도 모르지…… 덕분에 독륜을 얻기도 쉬웠고."

"설마 주변의 독을 느낄 수 있는 것을 이용해서 독막의 무사들을 먼저 공격하신 건가요?"

암습이라도 한 건가. 그런 짓을 해서까지 독막을 막을 생각은 없는 운민이었다.

정확히는 아무리 독막이 밉다 하더라도, 독막과 같은 짓을 할 생각은 없다는 뜻이었다.

아무리 왕정이라지만, 그런 야비한 짓을 해서야 운민으로서도 받아들이기 힘들 것이다.

"아니, 그럴 리가. 귀찮아서라도 암습 같은 것은 하지 않아. 단지 그쪽에서 먼저 암습을 해 왔을 뿐이지."

"역시…… 독막이 먼저 암습을 한 것이군요. 하아…… 그들이 그렇게까지 변할 줄은……."

핏줄이 이어지는 것은 아니지만, 하나의 갈래에서 나왔다고 할 수 있는 두 문파다.

그런데 다른 한편의 문파가 그리 타락을 했다니. 독곡 출신인 운민은 씁쓸한 기분을 느낄 수밖에 없었다.

"어느 정도 예상은 했지만…… 실망스럽다고밖에 할 수 없네요. 독곡의 가장 신성한 시험이 독인의 시험인데……."

실망하는 운민에게 왕정이 단호한 얼굴로 말했다.

"그러니 정화를 해야겠지. 독공을 익힌다는 그들이 독 그 자체가 되었으니까 말이야."

"……예."

일단 시작은 독막이다. 그 다음은 독곡. 그리고 그 다음은……

왕정의 눈빛이 저 멀리 중원을 향하고 있었다.

*   *   *

콰아앙!

독곡에서도 귀하다고 할 석재로 만든 탁상을 힘껏 내려치는 운마군이었다. 그는 세상 가장 큰 불만이라도 가진 듯 한껏 찡그러진 표정을 하고 있었다.

"대체…… 무슨 수를 쓴 게지?"

"수라니? 무슨 말인가?"

언제나 그의 옆일 지키고 있는 장로 안일지가 운마군의 말에 대꾸를 하여준다.

같은 독막의 사람인 안일지라지만, 그로서도 운마군이 계획한 암습은 그리 마음에 들지 않는 방식이었다.

그 때문인지, 잔뜩 성이 난 운마군에 비해서 안일지의 표정은 꽤나 평온했다. 물론, 그 또한 속으로는 죽어 버린 무사들에 대한 명복은 빌고 있었다.

"나는 놈이 단신으로 우리 독막의 무사들을 이길 수 있을 거라고는 생각지 않네!"

"혼자가 아니라면?"

"일독지문에서 다른 지원이라도 있지 않았겠는가? 그렇지 않고서야……."

운마군은 현실을 부정이라도 하려는 건가? 하기야 그로서는 자신의 수하들이 죽는 것을 용납하기 힘들 것이다.

방식이 더럽든, 그 가치관이 타락했든 간에, 운마군은 독막을 사랑하는 자다. 그런 그가 수하의 죽음을 쉬이 인정하기는 힘들 것이다. 더더군다나 자신이 시킨 일로 인해서 그리된 터. 누군가에게 원망을 품을 이유는 충분하였다.

하지만 현실을 인정하게 해줘야 했다. 그게 안일지가 해야 할 일이었다.

"……내가 보기에 그의 실력은 진짜인 듯하네. 어디서 온지는 몰라도 독공을 제대로 익힌 게야."

"하……이곳 독곡을 제외하고 세상천지 어디에서 제대로 된 독곡을 익히나? 말이 되는 소리라 생각하는가?"

"……."

독공에는 독이 필수다.

그러니 독곡만큼 독공을 가장 쉬이 익힐 수 있는 곳은 없다. 독인에겐 천국이면서, 살아가는 데에 목숨을 걸어야 하는 곳. 그곳이 독곡인 셈.

그렇기에 독곡을 벗어나게 할 시험을 치러 독인을 뽑지만, 그 또한 결국에는 모순적인 존재다.

독공을 통해서 강해진 것이 독곡의 사람들인데, 그런 자들이 독곡을 떠나서야 어찌 살아남겠는가.

그러면서도 한편으로는 독곡을 떠나고 싶어하는 마음을 가지고 있으니, 독인은 계속해서 배출될 수밖에 없다.

독공을 위해서는 미우면서도, 좋은. 싫으면서도 있을 수밖에 없는. 그곳이 독곡인 것이다.

그런데 독곡이 아닌 다른 곳에서 독공을 익혀놓고는, 독곡의 힘듦을 견뎌 낸 독막의 무사들을 이겨낼 정도다? 말도 안 되는 소리다!

"세상에 예외는 항상 있는 법이 아닌가?"

"그래도 독곡만큼은 예외가 없었네! 언제나 독곡의 독공이 최고였네. 예전이나 지금이나, 아니 미래라 할지라도 말일세! 게다가 예외가 있다 하여도 그것이 놈이라는 것은 더더욱 인정하기 힘드네!"

"후우…… 자네……."

아집이다. 답답한 마음에 한숨을 쉬어 보는 안일지다.

'정보라도 있으면 좋으련만…… 독곡의 바깥으로는 깜깜 무소식이니.'

그들로서는 왕정에 대한 정보가 너무 없었다. 바깥에서 온 것은 맞으나, 그가 무엇을 했는지 제대로 파악하기는 힘들었다.

그러니 이리 답답할 수밖에. 하지만 답답한 상황이라고 하더라도 기회가 없는 것은 아니다.

운마군이 벌인 암습이 아닌 다른 방법으로도 왕정을 막아낼 수 있다고 생각하는 안일지였다. 그것을 운마군이 깨닫게 해줘야 했다. 그게 장로이자 친우로서 운마군이 해야 할 도리다.

"중요한 건, 그가 일차 시험을 합격했다는 것이겠지. 그리고 다음 시험이 있다는 것이고."

"……무슨 말을 하고 싶은 건가?"

"전에도 말했지만 나는 애당초 암습을 벌인다는 계획 자체가 마음에 들지 않았네. 괜히 쓸데없는 희생만 만들어지지 않았는가."

"그 이야기는 넘어가기로 하지 않았는가?"

"그래. 인정하네. 하지만 이 말을 해야겠군. 이제는 암습보다는 정석으로 나가게나!"

협상의 여지는 없다는 듯 단호하게 말하는 안일지다. 그는 운마군의 답을 기다리지 않고 말을 이어 나갔다.

"남은 두 개의 시험을 정정당당하게 이겨 보이게나. 그러고는 독막이 이곳 독곡의 최고 문파임을 증명해 보이라 이 말이네! 그대는 이곳의 문주가 아닌가! 또한 최고가 되어야 할 자이고!"

구구절절 맞는 말이다.

자존심이 강한, 아니 오만하다고 할 수 있는 성격을 가진 운마군에게는 최고라는 말이 꽤나 자극적인 말이기도 했다.

"……후우."

그가 숨을 한번 크게 내쉰다.

자신의 친우이자 동반자라고 할 수 있는 안일지의 외침에 답을 해 주려 그리 하는 것이리라.

"……그리하겠네. 그대의 말대로 시험에서 제대로 꺾어주지. 되었나? 그리하면 만족을 하겠는가?"

그치고는 생각 외로 쉬이 물러나는 운마군이었다. 설마 친우의 말이기에 들어주는 것일까?

"그러네! 암습보다는 그게 더 깨끗하지 않겠는가?"

"……자네는 가끔 보면 이곳 독막의 사람으로는 별로 어울리지 않는단 말이지. 뭐 좋네. 다음 시험이나 슬슬 준비하도록 하지."

"후후. 내 최대한 도와주겠네. 제대로 된 독륜을 준비하여
주지."

과연 독막의 문주가 이번 암습이 실패했다 하여 암습을 사
용하지 않을까? 처음 한 번이 어려울 뿐이지 한 번의 암습 뒤
에, 두 번의 암습은 쉬운 일이었다.

'……자네는 너무 무르단 말이지. 그러니 나라도 제대로
움직여 주어야겠지.'

진심으로 운마군을 돕기 위해서 여러 독륜들을 챙기려고
하는 안일지를 가만 바라보던 그의 눈이 빛나고 있었다.

역시. 그가 쉽게 물러날 리가 없었다.

第三章

시간이 가다

"의문이다."

이화는 뭔가 마음에 들지 않는 것인지, 제갈혜미를 바라보며 아미를 찌푸리고 있었다. 그녀가 자신을 위해 고안한 수련법이 마음에 들지 않는 듯했다.

손수 마련해 준 수련법을 좋게 생각지 못하는 모습에 기분이 나쁠 법도 하건만, 제갈혜미는 여전히 입술로 호선을 그리고 있었다.

"무엇이 문제인지요? 후후."

"이런 방식의 수련은 기초를 닦을 때나 하는 것이 아닌가?"

철그럭. 철그럭.

실제로 이화의 팔과 다리에는 철로 된 팔찌, 발찌가 매달려 있었다. 무인치곤 가녀리다 할 수 있는 그녀가 안쓰러워 보일 정도의 두께다.

그녀가 하고 있는 것은 몸의 무게를 늘려 수련하는 방식을 위해 고안된 장치가 분명했다.

이화의 말대로 이런 방식은 무공을 익히는 초기에는 효과가 좋다. 체력이 곧 무력으로 이어지기도 하니까.

하지만 이화 정도 되는 수준에 올라서게 되면 체력 자체보다는 다른 것들이 중요하다.

정신, 초식, 흐름을 읽는 눈, 기, 경험. 체력이 모든 것의 기초가 되기는 해도 그 외의 것들이 중요하게 되는 것이다.

그러니 그녀가 불만을 표하는 것도 이해를 할 만은 했다.

허나 제갈혜미의 생각은 다른 듯했다.

"육체를 수련하는 것은 제일의 일이요. 기를 닦는 것은 제이. 제삼은 그 모든 것을 합하는 경험이라 하였습니다. 그것의 결과물이 '경지'라 말하는 것이지요."

"무공의 기초라도 가르치려고 하는 것인가?"

무뚝뚝한 말투로 되묻는 이화다. 제갈혜미의 설명에 조금이지만 기분이 나쁜 듯하였다.

반발을 하는 모습이 보기 좋지 않을 법도 하건만, 그녀의 미모 덕에 무뚝뚝함조차도 매력으로 보였다.

문제는 그런 이화를 상대하는 이가 같은 여인인 제갈혜미라는 것일 게다. 전혀 불만이 먹혀들지 않고 있었다.

"아뇨. 기초가 아닙니다. 실제로 움직여 보세요. 초식을 펼쳐 주시는 게 가장 좋을 거 같은데요? 후후."

"기초가 아니라…… 그렇게까지 말한다면야."

철그럭. 쉬이이익!

그녀가 움직이자마자 팔찌 두 개가 철그럭 하고 부딪치며 소리를 낸다. 그와 함께 이어지는 파공성!

그녀만의 일절(一節)이라 할 수 있는 초식이 펼쳐졌다. 철구가 있음에도 그 위력은 분명 보통을 넘었다.

이화는 홀로 수련을 하며 정의방의 다른 무인들이 성장하고 있는 것만큼이나 성장을 하고 있었던 것이다.

초식을 펼친 그녀는 자신이 벌인 일에 만족을 느끼기보다는 의문 어린 표정을 짓고 있었다.

"……뭐지?"

"후후. 이제 아셨어요? 뭔가 묘하게 다르지 않아요?"

"……확실히."

제갈혜미가 자신에게 건네어준 것은 단순한 철로 만들어진 팔찌, 발찌가 아니었다. 자신의 움직임에 맞춰 묘하게 무게가 변화를 했다.

초식의 흐름은 방해하지 않으면서, 수련 자체의 난이도는 올려주는 느낌이랄까?

말이 안 되는 소리 같지만, 초식을 펼친 이화가 느끼기로는 분명 그러했다. 절정을 넘어서고 있는 그녀가 잘못 느낄 리가 없었다.

확실했다.

"전에 그분이 저에게 말했죠. 응용이 최고의 무기가 될 수 있다고."

"……왕정의 말이군."

응용.

지금에 와서는 누구나 인정을 하는 것이 왕정의 응용이다. 그는 무공이 아닌 다른 것들을 응용하는 자였다.

그 덕분에 보통의 무인들은 가지기 힘든, 아니 자신의 경지 이상의 무력을 가진 자가 되었었다.

처음에야 잔꾀라 생각했지만, 지금에 와서는 모두가 인정하는 것이 응용인 것이다. 그것을 제갈혜미가 배운 것인가?

"예. 그분의 말이죠. 그 응용이라는 건…… 종류를 가리지 않더군요. 이를테면……."

화아아악!

제갈혜미가 고운 손으로 한 수를 펼친다.

제갈가의 권법인가? 아니었다. 아니, 제갈가의 몇 안 되는 권법이기는 하나 묘하게 달랐다.

깊이? 경지? 그런 것의 이야기가 아니었다. 이건……

"후후. 이화 소저 정도면 아실 수 있겠죠?"

"……진법과 권법을 섞어버린 건가? 그게 될 리가…….."

진법은 진법대로 깊은 공부다. 무공 또한 평생을 바쳐도 완성하지 못할 깊은 공부다. 그것을 응용해 내었다고?

사람이 평생에 하나도 제대로 익히기 힘든 그것을? 말도 안 되는 소리다.

그런 말도 안 되는 짓을 하고는 제갈혜미는 여전히 힘든 기색 하나 없이, 매력적인 웃음을 지으며 답했다.

"보셨잖아요? 가능해요. 진이란 것은 단지 천지(天地)에 설치하는 게 아니에요. 모두에 가능한 것이지요."

"……왕정, 그 녀석이 괴물을 만들어 버린 거군."

"후후. 설마요? 정우님 말대로라면 저는 괴물도 아니지요. 그분이 괴물이지요."

"가끔…… 너무 왕정을 신격화하는 게 아닌가 하는 생각이 든다."

"그럴까요? 모를 일이죠. 제가 잘못 보지 않았다면요."

이화가 움직인다. 제갈혜미는 그런 그녀를 바라보며 또

다른 응용을 그린다. 아니, 진법의 새로움을 만들어 내고 있다.

변화가 시작되고 있다. 그리고 그런 변화를 만들어 내었던 왕정은……

＊　＊　＊

중원의 알아주는 천재라 할 수 있는 제갈혜미가 인정하는 왕정.

그는 생각지도 못한, 아니 설마 이렇게까지 할 것이라고는 여기지 못했던 일을 당함에 시름을 안고 있었다.

"하…… 정도가 있지. 아무리 독곡이라지만 이건 너무 작위적인데?"

"크으……."

다음 시험을 치르기까지 며칠의 시간이 남아 있는 터. 쉽다고는 말하나, 시험은 시험인지라 죽을 수도 있는 것이 이차 시험이다.

그렇기에 경건한 마음으로 시험을 준비할 수 있도록 시간을 주는 것인 터. 그 시간조차도 이용하여 공격을 해올 줄은 생각지도 못한 왕정이었다.

'좋기는 좋지만 말이지…….'

왕정은 한참 끙끙대고 있는 일독지문의 문파원의 장심에 손을 가져다 대었다.

스으으으으.

연독기공으로 흡독을 할 때면 나타나는 특징이 그대로 그의 손에서 뻗어 나온다.

작은 서기(瑞氣)가 일어날 때마다 끙끙대던 문파원의 표정이 조금씩 정상으로 돌아오고 있었다.

연독기공의 흡독 공능 덕분!

치료 아닌 치료가 끝나자마자 왕정은 문파원의 장심에서 손을 떼었다. 사내의 몸을 더 만지고 있을 필요는 없기 때문이다.

"끝났습니다. 다음에는 조심…… 아니 그럴 필요는 없겠군요. 고생했습니다."

"치료해 주셔서 감사합니다!"

치료에 감사를 표하는 문파원을 보고 있자니, 하남성에서 의원 노릇을 하던 때가 생각이 나는 왕정이었다.

어쨌거나 사람 하나는 살렸다.

"오늘만 몇 번째지?"

"열두 번째요."

"하…… 일독지문에서 독공을 배우는 자들이 독에 중독되는 것이 열두 번째라……."

독공을 익히는 자는 항시 독에 중독될 위험에 노출되기 마련이다. 독공을 익히기 위해서는 강한 독을 필요로 하기 때문.

그러니 모순되게도, 독공을 익히는 문파에서는 중독으로 인한 사망이 많다. 아니면 그 후유증으로 몸이 망가지거나 미친다.

허나 그것도 어느 정도 일정 수라는 것이 있는 법이다.

또한 문파가 이어지는 한 중독되는 수는 매년 줄어들 수밖에 없었다. 독공의 공능이 높으면 높을수록, 문파의 역사가 오래되면 오래 될수록 비법이 쌓이니 당연한 이야기다.

헌데 지금의 상황은 어떤가? 하루 사이에 열둘의 일독지문 문파원이 중독을 당했다. 이런 일은 있을 수가 없다.

아무리 봐도 상황이 너무 작위적이지 않은가?

"독막에서도 연독기공의 특징 정도는 알겠지?"

"예. 어쨌든 같은 줄기에서 나온 문파니까요."

"흐음…… 그렇다면야 연독기공에 흡독의 공능이 있다는 것은 당연히 알았겠고……."

연독기공을 이용해서 흡독을 하다 보면 피로도가 쌓이는 것을 노리는 건가? 잘못하면 죽을 수도 있는 것을?

'확실히 가능성은 있다.'

왕정의 연독기공이 조금만 경지가 더 낮았더라면, 독에

중독된 문파원들을 치료하다가 되려 몸이 망가졌을지도 모른다.

흡독을 하면서 느껴보니 하나, 하나만 놓고 보면 그리 대단하지 않은 독들이지만 열둘의 독이 모두 모이면 굉장히 강한 독이었다.

문파원들이 당한 독은 단순히 한 가지 종류로 만들어진 독이 아니라, 여러 가지 독이 합쳐져 큰 위력을 발휘하는 합성독이라는 소리다.

[분명 저를 노리고 한 거 같죠?]

—확실해 보이지 않느냐? 운민을 노린 것은 아닌 거 같구나.

연독기공을 익힌 지 얼마 안 된, 아니 연독기공을 익히고 있는지도 제대로 파악하지 못한 운민을 상대로 이런 일을 벌일 리가 없었다.

이 모든 게 자신을 노리고서 한 것이 분명했다.

[아주 악질이군요. 제가 독에 중독되지 않아도…… 피로도는 쌓게 할 수 있겠지요.]

—그게 아니면 네가 연독기공을 익히고 있다는 것이라도 파악할 수 있을 것이다. 네가 흡독을 해서 해독을 한다는 사실은 보면 바로 아는 것이니.

[예. 열둘이나 중독된 것을 치료했으니…… 그 정도는

파악할 수 있겠지요.]

설사 자신이 합성독에 당하지 않는다고 하더라도 상대측
에는 이득이 있는 방식이었다. 마음에 들려야 들 수가 없는
상황이다.

왕정이 독존황과 이야기를 하고 있는 것을 눈치로 알고
있는지, 잠자코 대화를 지켜보던 운민이 물었다.

"어떻게 하실 건가요? 시험까지 기다리는 게 나을까요?
아니면 사혼방에…….."

시험과 사혼방.

운민이 말하는 방식은 모두 정석적인 방식이었다. 왕정
으로서는 자주 사용하지 않는 방식이기도 했다.

그렇기에 왕정은 고개를 휘휘 저으며 운민의 말에 반대
했다.

"그렇게 해서는 재미가 없겠지. 실용성도 확 떨어지고."

"그 말씀은……."

"이에는 이, 눈에는 눈, 아니겠어? 어느 정도는 대가를
치르게 해 줘야겠지. 어차피 푸닥거리는 한번 할 예정이었
으니까."

"헤에……."

운민이 약간은 선망 어린 눈빛으로, 또 한편은 조금 걱정
이 담긴 눈으로 왕정을 바라본다.

왕정이 믿음직스러우면서도, 위험한 일을 하러 가는 상황에 걱정이 될 수밖에 없는 것이리라.

그런 운민이 귀여운 것인지 왕정은 그녀의 머리를 쓰다듬었다.

"다녀오도록 할게. 먼 길도 아니고, 위치는 이미 알아두었으니까. 금방 처리할 수 있을 거야."

"……아, 예."

왕정의 쓰다듬을 한껏 음미하던 운민이 뒤늦게서야 답을 한다. 답을 들은 왕정은 그녀의 답이 끝나기도 전에 몸을 움직이고 있었다.

한참을 두고 왕정의 뒷모습을 바라보던 운민의 눈이 묘하게 빛나고 있었다. 악의, 부정? 그런 감정이 아니었다.

"……칫. 나도…… 다 컸는데……."

좋음. 아쉬움. 기대감.

그리고 여인의로서의 작은 마음. 여러 가지가 담겨 있는 시선으로 왕정의 뒷모습을 바라보는 운민이었다.

*　　*　　*

독문.

일독지문이 고풍스러우면서도 관리 부족으로 드문드문

허름한 곳이 보이는 데 반해, 그곳은 썩 호화로운 곳이었다.

마천루 정도는 아니지만, 담벼락보다는 높아 보이는 몇 채의 건물. 그 옆으로 붙어 있는 전답(田畓). 드나드는 많은 사람들.

누가 봐도 성세를 자랑하고 있는 문파의 모습이라고 할 수 있으리라.

독곡이라는 곳 자체가 중원에 비해서 척박하기 그지없다는 것을 감안하면 조금 호화스러운 정도가 아니었다.

누가 보아도 굉장히 호화스럽다고도 할 수 있으리라. 독곡에 몇 없는 재물들을 끌어 모았음이 분명했다.

그런 곳에 잔뜩 군기가 잡힌 모습으로 입구를 지키고 있는 두 문지기가 있었다. 척 봐도 독막에 대한 자부심이 가득한 표정이었다.

그런 그들에게 왕정이 다가가니, 그들의 표정이 일변한다.

"누구? 아…… 여기가 어디라고 온 것이냐!"

문지기부터 하대를 하는 것인가? 아니, 그 이전에 적어도 독막에 대한 충성심 정도는 있다고 좋게 보아야 하는가?

'웃기는군…….'

여러모로 웃기는 치들이다.

그로서는 숙이고 들어갈 것도 없었다. 상황이 그를 친절하게만은 만들지 않았다.

왕정은 문지기들의 경지로는 버티지도 못할 만큼 기세를 한껏 끌어 올리고는 답을 해 주었다.

"문주를 만나러 왔다. 천하의 독막은 손님을 이리 대하나 보지?"

역시 기세에는 밀릴 수밖에 없는가. 문지기들의 입장에서는 경지가 낮은 것이 한일 수밖에 없으리라.

자신도 모르게 반 걸음 정도 물러서는 문지기였다. 처음의 고고하기만 하던 기세는 이미 사라진 지 오래다.

"……큭. 문주님을 뵙기로 한 선약이라도 있었던 것이……것이오?"

"없다. 하지만 일독지문 문주의 사형으로서 그 정도는 되지 않겠는가?"

"불가하오."

고오오.

기를 한껏 더 끌어 올리는 왕정이었다. 장래에 적이 될 가능성이 있는 자들을 두고 뭐든 웃어넘길 만큼 유약한 그는 아니었다.

"연통이라도 넣어 보도록 하지?"

그때다. 뒤에서부터 들려오는 목소리가 있었다.

"그만하시지요. 이야기는 저로도 충분할 겁니다."

왕정으로서도 인기척을 느끼지 못한 것은 아니나, 독막의 손님이겠거니 했다. 헌데 듣자 하니 독막의 관계자인 듯했다.

답은 문지기로부터 나왔다.

"장로님을 뵙습니다!"

'……장로인가? 안일지라는 자겠군. 개중에 그나마 낫다고는 들었는데…… 과연 어떨지.'

안일지였다.

대면이 처음은 아니나, 장로 안일지와 정식으로 만나는 것은 이번이 처음이라고 할 수 있으리라.

왕정은 그를 따라 안으로 들어섰다.

화려해 보이던 외관과 다르게 안일지의 집무실로 보이는 곳은 그리 화려하지 않았다. 되려 정갈하다고 할 수 있을 정도다.

집무를 보는 데 사용하는 듯한 책상. 앞의 탁자 하나 의자 몇 개. 무인치고는 평소 다독(多讀)을 하는 것인지 벽 한 면을 가득 채운 책장.

그것들이 안일지의 집무실에 있는 전부였다. 화려한 보

물, 영약, 무가지보 같은 것은 그 어디에도 없었다.

─정갈하다 못해…… 소박하다고도 할 수 있겠구나. 책을 제외하면 휑한 공간이 됐을 정도겠어.

[그나마 사치품이라고 할 만한 건…… 책 정도려나요? 중원에 비해서 책을 구하긴 힘들 테니까요.]

─허허. 그렇다손 쳐도 희귀한 것을 모은 듯해 보이지는 않는구나. 흐음…… 아직 독막에 괜찮은 이가 남아 있는 건가.

[지켜보아야겠지요.]

왕정과 독존황이 안일지에 대해서 평을 하는 동안, 그는 손수 왕정에게 자리를 안내하고는 차를 우리고 있었다.

차 또한 사치품인가 하고 보았더니, 독곡에서도 쉬이 볼 만한 풀을 말려 만든 독이었다.

안일지도 다도(茶道)에 대해서는 깊이 파고들지는 않은 것인지, 적당한 시간이 되자 우린 차를 왕정에게 건네줄 뿐이었다.

"드시지요. 입맛을 타기는 하지만 괜찮을 겁니다."

"……감사히 받겠습니다. 독곡에서 이런 호사를 누릴 수 있을 줄은 몰랐습니다. 실상 다도에 대해서는 저도 잘 모르니 말입니다."

"금칠을 해 주시는군요. 별거 아닙니다."

후르륵.

왕정 또한 다도를 배운 바가 있겠는가. 제갈혜미로부터 잠시 배운 바는 있으나 그 또한 깊이 파고들어가지는 않았다.

그렇기에 예의에 맞지 않을지도 모를 소리까지 내어가며 차를 마시었다.

차를 좋아하는 사람에게 있어선 예의가 없어 보일지도 모를 장면이다. 허나 안일지, 그 또한 그러한 것은 신경을 쓰지 않는 듯했다.

얼마의 시간이 지났을까? 적당히 뜸이 들여졌다고 여긴 것인지 안일지 그가 먼저 찻잔을 내려놓았다.

"시험을 준비하려면 바쁘시지 않으십니까?"

"바쁘지요. 준비할 것은 없으나, 사람 마음이라는 것이 시험 앞에서는 신경이 분산되기 마련이니까요."

"그러신데도 이곳에 찾아오셨다 함은…… 꽤나 큰일이 있었던 것이겠군요."

왕정은 답을 하지 않은 채로 한참을 두고 안일지의 눈을 바라보았다.

그와 기 싸움을 하자는 것이 아니었다. 단지 그가 진심을 말하고 있는지를 알고 싶은 마음이었을 따름이다.

안일지 또한 왕정의 눈을 피하지 않으면서 가만히 두 눈을 마주하고 있었다.

'역시 이런 건 나랑 안 어울리려나.'

그의 두 눈을 보면서 느낀 것은 많았다. 허나 당장에 도움이 되는 것은 없었다.

눈빛이 맑다는 것. 맑은 눈빛 아래에 굳건한 의지가 느껴진다는 것. 소인이나 할 만한 짓은 안할 자라는 것 정도가 왕정이 느낀 바다.

잘못 느꼈을 수도 있었으나 왕정은 분명 그리 느끼었다.

"후우…… 눈은 마음의 창이라고는 하나, 때로 많은 것을 보여 주지는 않는 듯합니다."

솔직함에 마음이 풀린 걸까? 안일지가 웃어 보인다.

"하하. 저 또한 그대의 눈은 모르겠구려. 아이 같으면서도…… 또 한편으로는 노회한 노인 같은 모순입니다."

"모순입니까?"

"예. 그리 보입니다."

모순이라고? 설마 안에 독존황이 있는 것이라도 꿰뚫어 본 것일까.

'그럴 리는 없다. 말도 안 되는 소리지.'

그저, 그가 생각 이상으로 사람을 잘 파악한다고 할 수밖에 없으리라.

안일지라는 자, 확실히 괜찮은 자였다. 아니 괜찮은 것이상이다. 문주인 독마군 이상의 그릇을 가진 자다.

"모순이라…… 재밌군요. 후우…… 길게 돌릴 것도 없이 바로 본론을 말해도 되겠습니까?"

"물론입니다. 피차, 바쁜 상황이지 않습니까."

시험이 있다. 안일지로서도 할 일이 있을 터. 바쁘지 않을 리가 없었다. 그렇기에 독막의 입구에서 마주친 것이리라.

"그럼 솔직히 말하지요. 오늘일은 너무 작위적이라 생각지 않습니까?"

"오늘 일이라니요?"

"일독지문의 문파원 열둘이 독에 중독되어 오더군요. 하하. 아무리 독곡이 무서운 곳이라지만 하루에 열둘이라……."

그제야 평온해 보이던 안일지의 표정이 굳어진다. 그 또한 뭔가 상황이 작위적이라는 것을 눈치챈 것이리라.

"……열둘이라 말씀하셨습니까?"

"예. 열둘이라 했습니다. 열둘의 문파원이 중독되었고, 겨우 치료를 받았지요."

실상은 쉽게 흡독의 공능으로 치료한 것이나 그것까지 알려줄 의무는 왕정에게 없었다.

"열둘…… 열둘이라…… 설마……."

무언가를 눈치채기라도 한 것인가, 표정이 굳어지는 정도가 아니라 미간이 찡그려지기 시작한 안일지다.

잠시 뒤. 그가 다시 굳은 표정으로 돌아와 말했다.

"……죄송합니다. 손님을 더 맞이해야 하는 것이 예겠으나…… 따로 할 일이 생긴 듯합니다."

지금까지 상황을 보고 판단을 하면, 안일지는 그 일에 끼어 있지 않은 것인가. 그러나 사람 속은 쉽게 알 수 없는 터. 안일지도 사람이니 쉽게 파악할 일은 아니다.

허나 한편으로 재미있는 것은, 근거는 거의 없으나 안일지는 확실히 이번 작위적인 일에 끼어 있지 않다는 것이었다.

'일단은 조용히 넘어가 주어도 되겠지. 사고 크게 칠 필요는 없을 지도……'

그렇기에 왕정은 호의를 베풀었다. 아니, 본래부터 그가 하려고 했던 '화려한' 수습을 그만 두었다.

"이해합니다. 이번…… 이번 한 번만은 장로님을 보아 넘어가도록 하지요. 허나 다음은……."

파스스스슥.

왕정의 손에 잡힌 찻잔이 그대로 녹아든다. 독을 이용해서 녹인 것이 분명한 장면이었다. 그 장면을 본 안일지의 표정이 다시 굳는다.

왕정이 벌인 일이 보통의 일이 아니라는 것 정도는 독공을 익힌 그이기에 충분히 알고 있기 때문이리라.

"……실례했습니다. 그럼 먼저 가 보도록 하지요. 마중은 괜찮습니다."

굳어 있는 그를 그대로 둔 채로 왕정이 몸을 움직여 안일지의 집무실을 나섰다.

안일지는 무언가를 깊이 생각하는지 굳은 표정 그대로 한참을 앉아 있었다. 그렇게 얼마나 지났을까.

그 뒤 한참을 무언가 생각을 하는 듯 가만 집무실을 지키던 안일지가 조용히 읊조린다.

"본류가 돌아 온 것인가……. 후우…… 문주…… 대체……."

몇 가지의 생각이 그의 머리에서 소용돌이치고 있는 것일까? 그만큼은 운마군과 다른 존재일까?

모를 일이다. 가만 상황을 지켜보고 있을 수밖에.

第四章

분열. 시험. 진행

"허허…… 할 수 있으면 하는 것. 상황만 맞는다면 뭐든 해야 하는 것이 우리 독막의 사람들 아닌가?"

"문주! 내 그동안은…… 아니 우리 우정을 생각해서 문주가 하는 일에 반대를 한 바가 없었네."

"허허. 그랬지."

"그런데 내가 이리 언성을 높이는 것은 무슨 이유라 생각하는가?"

운마군과 안일지. 둘은 어려서부터 아니, 태어나기 이전부터 친우가 될 수밖에 없었던 사람들이었다.

부모 모두가 같은 독막의 요직에 있는 데다, 부모들끼리도 친한 사이였으니 당연한 일이다.

운마군은 어려서부터 소위 말하는 당찬 성격, 나쁘게 말하면 오만함이 깃들어 있는 성격이었고, 안일지는 차분함을 가진 무(武)보다는 문(文)에 흥미를 가진 자였다.

성격의 차이 덕분에 자칫 상극이 될 수도 있었건만, 안일지의 많은 양보 덕분에 둘의 사이는 문제가 없었다.

아니, 안일지가 양보를 해 왔기에 문제가 일어나지 않았다고 할 수 있으리라. 둘의 나이가 중년의 한창이니 그런 세월이 벌써 수십 년이었다.

헌데 그런 세월에도 불구하고 최근에는 조금씩 문제가 일어나고 있었다. 아니, 처음 균열을 보이고 있다 해도 모자라지 않으리라.

"하아…… 그 일 때문에 그러는 것인가? 작은 장난이었네."

"작은 장난? 열둘을 중독시키는 것이 언제부터 장난이 되었나. 그것도 독곡에서 말일세!"

"결론적으로 죽은 자들은 없다 하지 않은가? 생각 이상으로 독공의 경지가 높은가 보이."

쉽게 말할 상황인가. 안일지는 운마군의 별거 아니라는 듯한 태도에 답답함을 느끼고 있었다.

"나와 약조를 하지 않았던가. 이제는 이 시험에서 다른 일은 벌이지 않기로! 오직 시험에만 집중을 하기로 약조하지 않았냐 이 말일세."

"크흠……."

운마군으로서는 안일지가 자신이 벌인 일에 불만을 가지고 있다는 것은 알고 있었다.

정확히 안일지는 독곡의 사람답지 않게 뒤로 공작을 벌이는 일에 불만을 가지고 있었다. 방식의 차이 때문이다.

둘 모두, 독막이 독곡을 지배한다는 것에 대해서는 뜻을 같이하고 있었다. 하지만 방식이 문제였다.

운마군의 태도에 참다못한 안일지가 결국 자존심 상할 말을 물었다.

"……정당하게 시험을 통해 이길 생각은 안 해봤는가? 아니, 자신이 없는 것인가?"

"뭐라 하는 겐가? 지금 내가 그 어린 녀석에게 이기지 못할 거라 여기는 건가? 다른 이도 아닌 자네가?"

그 성격이야 어찌 되었든 그 실력이야 진짜배기인 운마군이다.

그의 실력은 일선에 물러난 전대의 고수들 몇을 제외하고는 가장 강하다고 할 수 있을 정도다.

무공의 재능만큼은 진짜배기인 셈. 그러니 성격은 모날지언정 실력으로 독막의 문주가 될 수 있었던 것이다.

그런 그에게 자신감이라는 부분을 찌르고 들어오니 얼굴

이 붉어진 운마군이다.

"실력에 자신이 있다면 왜 그런 일을 벌이느냔 말일세! 이래서야 독막이 독곡을 지배할 수 있겠는가? 그런 방식으로? 불만만 커질 걸세!"

"불만이 생기면 찍어 누르면 되네! 자네야말로 너무 정석적인 방법만 고집하는 것이 아닌가?"

"정석? 중원의 말로 군자대로행(君子大路行)이라는 말이 있네. 군자는 약은 길은 보지도 가지도 않는다는 말이지!"

"하…… 그놈의 중원 책 몇 줄 읽은 것으로 또 이야기를 하는군. 단지 장난이라 하지 않았나? 실력이 어느 정도인지 보려 한 것이야."

"……그런 것치고는 질 떨어지는 장난이었네. 이런 식으로 일을 해서야 독막이 독곡의 진정한 지배할 수 있을 리가 없네! 혹시나 독재를 할 수 있을지는 모르겠지."

"되었네! 자네가 누구편인지를 모르겠군. 문주로서 명하겠네. 그만 물러가도록 하게나!"

"……."

실망스럽다는 듯 운마군을 바라보는 안일지다.

'어쩌다 이리 타락했는가……'

독곡을 지배하겠다는 그의 야망이 자신의 가슴을 두드리던 때가 있었다. 항상 자신 이상의 경지에 있던 그이기에 큰 일물일 것이라 생각을 했다.

헌데 막상 일이 닥치고 보니 아니었다.

독인 선출.

독곡 최고의 축제라고 하는 독인 선출이 시작되자 운마군의 밑바닥이 보이고 있었다.

독곡을 잡아먹을 듯했던 독막에서 파열음이 커지고 있었다.

*　　*　　*

그 뒤로 독막이 일독지문을 건드린다거나 하는 일은 없었다. 신기할 정도로 단 하나의 중독자도 나오지 않았다.

'장로라는 자는 제정신이 박힌 건가…… 하기야 그가 일문의 문주다운 분위기기는 했지.'

왕정이 보아하니 책임을 지고 제대로 처리를 한 듯했다.

안일지의 처리 덕분에 오랜만에 평화로움을 만끽하는 가운데, 잠시 한눈을 파는 동안 그의 앞에서 목소리가 들려왔다.

"너무 방심하시지는 말라구요!"

파아아앗!

그녀의 주먹.

아니, 그녀의 주먹에서부터 이어져 나오는 것은 분명 독구였다. 왕정만큼은 아니었으나 분명한 형상이다!

'아직 어설프지만…… 확실히 빠르기는 하군.'

얼마 안 되는 시간 동안 그녀의 경지가 더욱 올라간 것이다. 믿을 수 없을 만큼 빠른 성장이다.

일독지문에 연독기공은 없었더라도, 한 노야는 있었다. 그가 어려서부터 이화의 기초를 잡아줬기에 이런 성장이 가능한 것이리라.

왕정은 그녀의 독구에 자신 또한 같은 독구로 대응을 했다. 수준을 맞춰 주기 위해서 독구를 약하게 했음은 물론이다.

"치잇……."

당연한 것이긴 하지만 아직 자신이 왕정에 미치지 못한다는 것이 마음에 들지 않았던 것일까?

여인이면서도 동시에 무인이기도 한 운민이기에 그녀는 자신의 독구를 손쉽게 막아대는 왕정에게 잇소리를 냈다.

무림인이 아니라 우기던 왕정도 이제는 그녀의 마음을 어느 정도는 이해하기에 기분이 나쁘기는커녕 되려 귀엽게 보였다.

"후후. 응용은 그렇게 하는 게 아니라고. 봐봐."

쉬이이익!

왕정의 독구가 그녀의 독구를 받아침과 동시에 살아 있는 듯 움직이며 그녀를 향해 쏟아져 나갔다.

전진과 후퇴, 그리고 곡선을 그리는 것까지 살아 있는 생물이라고 말하기에 전혀 부족함이 없었다.

"하아아앗!"

자신에게 쏟아지는 독구를 막아내기 위해 그녀가 무리해서 독구를 하나 더 생성해 본다. 하지만 이것이 먹힐 리가 없지 않은가.

강약을 조절해 준다고 하더라도,

"이게 응용이라고."

이미 응용의 수준이 달랐다. 응용을 하는 것 하나만큼은 타고난 왕정이기에 가능한 모습이기도 했다.

그녀가 분한 듯 한번 크게 숨을 쉬고는 말했다.

"사기라구요. 어떻게 그런 움직임이 되는 거죠?"

"하하. 사기일 리가 없잖아? 다만 응용이라고. 응용. 그리고 이 응용을 배우기 위해서 수련을 하는 거잖아?"

"알아요. 하지만…… 지금 따라가는 거 자체도 벅차다고요."

과연 벅차기는 한 걸까? 왕정이 보기에 그녀의 성장은 굉장히 빨랐다.

아무리 이곳이 독공을 익히기에 최적화 된 독곡이라지만

그녀의 성장은 사기적인 속도였다.

누군가 그녀의 불만을 보면 억지나 부리지 말라고 화를 냈을 게 분명할 정도. 그런데도 그녀는 볼멘소리를 하고 있는 것이다.

"벅차하지 말아."

그런 그녀에게 왕정이 한 걸음 더 다가간다. 그러고는 그녀의 머리를 쓰다듬으며 말하는 왕정이다.

"내가 있잖아. 이 사조님이 있으니까 천천히 배워도 돼."

"아……."

무슨 말을 해야 하는 걸까. 운민은 왕정의 다정함에 아무런 말도 하지 못한 채로 멍하니 있었다.

왕정은 자신의 이런 행동들이 그녀에게 작은 파문들을 남긴다는 것을 아는지, 모르는지 여전히 생글거리는 표정이었다.

"그러니까 걱정 말라구. 자아, 그럼 나는 슬슬 이차 시험 준비를 마무리해야 하니까. 오늘은 여기까지 할까?"

"……."

아무런 대답도 하지 않는 그녀를 그대로 둔 채로 왕정이 그녀를 지나쳐 움직인다.

'뭐…… 긴장을 하는 거려나?'

아니. 다음에 있을 이차 시험에 긴장을 하고 있을 리가. 자만을 하는 것은 아니지만 왠지 질 거라고는 생각지 않는 왕정이다.

다만, 그래도 준비는 해야 한다 생각했기에 홀로 정비를 해 보려 나아가는 것뿐이었다. 그가 가고 홀로 남겨진 운민은.

"……어쩌지."

왠지 자신도 모르게 시름만 깊어져 가고 있었다. 문파를 이끌 문주로서가 아닌, 한 명의 여인으로서의 시름이었다.

"봄이로군요. 문주님?"

낳은 정은 없어도 기른 정이 있기에, 새로이 생긴 그의 시름을 알아주는 것일까? 어느샌가 모습을 드러낸 한 노야다.

"노야? 봄이라니…… 봄이야 진즉에 찾아 왔잖아. 그러니까 시험도 치르는 거고."

"그랬습죠. 봄이 왔기에 독인 시험도 치르기는 하는 것이겠지요. 하지만 그걸 말함이 아님을 아시잖습니까?"

날씨가 봄이 된 게 중요한 것이 아니다. 나고 자라면서 이미 수십 번은 넘게 새로운 봄을 본 한 노야다.

매 해 다른 것이 자연이라고들 말하지만 그에게 있어 계절의 쉼 없는 변화가 그리 중요할까. 그럴 리가 없다.

'문주……'

그에게 있어 중요한 것은 문주가 되었으나 여전히 작아 보이는…… 한 명의 소녀, 아니 이제 막 피어나기 시작한 숙녀 하나일 뿐이다.

바로 운민이다.

"……역시 눈치챈 게구나. 노야는?"

"모를 리가 없잖습니까? 태사조님, 그분이 돌아왔을 때…… 문주님의 시선은 그분에게 있지 않았습니다."

독존황. 영혼만이 남아 육신은 왕정에게 깃들어 있는 그에게 시선이 닿을 리가 없었다.

허나 시선(視線)이라 하는 것은 단순히 그려지는 선(線)은 아니지 않는가. 노야는 정신으로 이어지는 선을 말하고 있는 것이리라.

운민이라 해서 그 말을 알아듣지 못할 리가 없었다.

분명 일독지문의 문주가 될 자라면, 왕정에 시선을 보내기보다는 그들의 직계라 할 수 있는 독존황에게 시선이 닿아야만 했으리라.

그것이 문주로서 일문을 책임지는 자의 도리이자 책무다. 그럼에도 운민은 그리하지 않았다.

그녀의 시선은…… 분명 독존황이 아닌 왕정에게로 가 있었다.

"……미안해."

한 명의 여인이 아닌 문주로서 그녀는 분명 잘못을 했다. 문주보다 자신의 사심을 챙겼음으로 사과를 하는 것이다.

허나 그녀의 사과에도 한 노야의 살짝 굳은 표정은 아직도 풀리지 않았다.

"책망하려는 것이 아닙니다. 허허. 이 노야를 아직도 모릅니까? 섭섭합니다."

"책망하려는 게 아냐? 노야는 그 누구보다도……."

일독지문을 생각했잖아.

라는 말이 쏙 들어간 운민이다. 그녀를 바라보고 있는 한 노야의 진심을 깨달았기 때문이리라.

노야의 눈빛은 문주로서 도리를 다하지 않은 자신을 책망하는 눈빛이 아니었다. 저 눈빛은 문주를 바라보는 눈빛이 아닌, 한 명의 아비가……

"노야……."

딸을 바라보는 눈빛이었다.

아니, 어쩌면 나이를 너무 먹어 노회하였으나, 자신의 가족만은 한없이 생각하는 할아비의 눈빛일 수도 있었다.

어느 쪽이든 상관없다. 그 진심이 중요했을 따름이다. 진심이 전해진 것이 만족스러운 것일까. 노야의 굳었던 표정이 펴진다.

"허허…… 그리 마음이 가는 건 당연한 일입니다. 그만한 분도 또 없지요."

"……."

"게다가 문주님은 아시잖습니까? 일독지문은 개인의 감정을 막지 않습니다."

그렇다. 일독지문은 그렇기에, 많은 이들을 받아들일 수 있었다. 피가 아닌 마음으로 이어진 곳이다. 하지만……

"나는 문주잖아? 적어도 문주만큼은 개인의 감정보다는……."

"허허……."

그녀의 말이 맞을지도 모른다. 일문의 문주라면 개인의 감정보다는, 자신에게 주어진 의무를 지키는 것이 맞을지도 몰랐다.

그것이 수백 년간 이룩하여 놓은 선조들의 얼을 지키는 것이며, 또한 위기에 빠져 있던 일독지문을 지켜준 문파원들에 대한 예의다.

평생을 문파에 충성하며, 연독기공을 찾기 위해 애써 노력한 한 노야가 그러한 사실을 모를 리가 없다.

그럼에도 그는…… 전혀 생각지도 못한 선택을 해 줄 듯하였다.

"문주……."

"응?"

"얼마 있지 않으면 독인시험이 끝날 겁니다. 섣부른 판단일 수는 있으나…… 저는 사조님이 지실 거라는 생각은 전혀 들지 않는군요."

"응. 분명 그러시겠지……."

태사조가 깃든 태사조. 호칭이 이상하기는 하나 몇 대 이상을 뛰어넘어 현현한 독존황의 제자이니 엄밀히 따지면 왕정은 태사조다.

그러한 태사조가 독인의 대결에서 패배할까?

'아니…… 그럴 리가 없어.'

자신의 개인감정을 접더라도, 왕정의 나이를 떠나서라도 그는 분명 보통 내기가 아니다. 그는 말로 표현치 못할 '무언가'를 가진 사내다.

그라면…… 아무리 야욕이 깊은 운마군이라 해도 막아낼 수 있으리라.

호랑이보다 탄탄함을 가졌다 칭해지는 호일운도 때려눕힐 수 있으리라.

그것이 운민이 왕정에게 가진 믿음. 한 노야가 평생 찾아 헤매던 연독기공의 전인에게 가지는 기대며, 예상이다.

"그럼 뭐가 그리 문제십니까? 허허…… 시험에는 이미 합벽할 것이라 생각하시는데 말입니다."

"그래도…… 독인이 되셔도 그 뒤에 일이 수없이 많을 게 분명하잖아. 이 모든 일이 간단한 문제는 아니라고."

"그걸 제가 모를 리가 있겠습니까?"

"한 노야라면 당연히 알겠지. 그러니까……."

자신의 마음에 파문을 일으키는 감정은 접어야 하지 않을까? 원하지 않는 사실이라고 하더라도, 자신은 일문의 문주이니 말이다.

어느새부터인가 그녀의 눈에서 작은 물줄기가 흘러나온다. 하나를 해결하면 또 다른 하나가 마음을 흔드니 서러운 것이리라.

"나는…… 그분이 독인이 돼서도 일독지문을 위해서……."

어린 그녀이기에 충분히 슬퍼할 자격이 있었다.

"문주……."

한 노야가 아직 어려 보이는 그녀를 향해 다가와 머리를 쓰다듬는다. 왕정이 그러했듯…… 한껏 정을 가득 담은 손짓이었다.

그러고는 그가 조금은 장난스레, 또한 한없지 진지하게 모순적이기만 한 표정을 지으며 말한다.

"문주. 문파도 지키면서 동시에…… 자빠뜨릴 방법이 있습니다마는?"

"으응?"

자빠트리다니? 이게 무슨 소리인가? 이 무슨 말도 안 되는……

"독인 시험이 끝나면 그게 있습니다. 그게."

"설마……."

"허허. 본래 이 늙은 노야는 별로 좋아하지 않는 풍습입니다만은, 독곡의 전통이 아닙니까? 게다가 문주의 마음도 있고…… 일독지문이 현재 많이 사람이 줄기도 하였으니…… 허허."

무엇을 말하는지 왜 모를까. 그래. 그것이라면 아마……

'공식적으로…….'

왕정을 자빠트릴 수(?) 있을지도?

늙은 노야와 마음에 파문을 가진 일문의 문주가 왕정 몰래 발칙한 계획을 세워가고 있었다.

＊　　　＊　　　＊

"드디어군."

녹군의 대표로 나선 호일운은 자신과 함께하고 있는 녹군의 다른 이들을 데리고, 다음 시험을 치르기 위해 사혼방을 향하고 있었다.

가지고 있는 덩치만큼이나 호승심이 강한 성격이어서 일까.

그는 독인이 되려는 욕심은 없으나, 다른 이들과 시험을 치르는 것에 대해선 기대를 하고 있었다.

독곡에서 독물들과의 싸움, 같은 문파원들끼리의 겨룸이 아니고서야 다른 문파와 겨루는 것은 별로 없는 일이기에 더욱 기대를 하고 있는 것이리라.

"왔는가?"

사혼방주가 여느 때와 같은 모습으로 녹군의 사람들을 맞이했다.

시험이 시작된 지 꽤나 시일이 지났음에도 그의 허허로움은 여전했다. 세상에서 반보(半步)정도는 물러난 듯한 특유의 분위기를 말함이다.

하기야 독곡 내에서만 알아주는 사혼방이라고는 하나, 한 지역의 정신적 지주랄 수 있는 자가 방주가 아닌가.

저런 분위기도 일견 당연한 것일지도 몰랐다.

그런 그에 대한 예의이기에 녹군의 호일운 또한 자신이 할 수 있는 한 최대의 예를 사혼방주에게 올렸다.

"방주님을 뵙습니다. 강녕하셨는지요?"

"허허…… 좋기는 하나. 자네답지 않군?"

호탕한 성격의 그가 예를 올림이 의외인 것이리라.

"아무래도 공적인 자리가 아닙니까? 하하. 평소처럼 부를 수는 없는 일이지요."

"허허……."

현재는 독막이 세력을 떨치고 있으며, 그 이전에는 일독지문이 세를 떨쳤다고는 하나 독곡은 독곡이다.

사혼일방이나 녹군 모두 이곳 독곡에서 나고 자란 터.

아무래도 태생이 같으니, 두 세력의 사이는 대대로 각별할 수밖에 없었다.

그럼에도 독곡의 대소사에 중립을 지키는 사혼방이나, 사이가 각별함에도 서운해하지 않는 녹군을 보면 확실히 그 그릇이 크기는 하였다.

예는 올렸으되, 여전히 호승심 넘치는 눈빛을 간직한 호일운이 주위를 휘휘 둘러본다.

"다른 이들은 아직 입니까?"

"아직 시간이 안 되지 않았는가? 얼마 있으면 오겠지."

"크흠…… 그렇기야 하겠지요. 이런 시험에 오지 않을리는 없으니까요."

자신의 경쟁자라 할 수 있는 자들이 오지 않은 것에 대한 반발일까? 조금인지만 불만이 스쳐 지나가는 호일운이었다.

그때다.

"허허. 그래도 다음 차례는 아는 듯하군."

일독지문의 대표 왕정과 그에 대립하는, 독막의 운마군이 서로의 존재를 모르는 듯, 강한 존재감을 펼치며 시험장을 향해 다가오고 있었다.

第五章

이차 시험

　운마군이라는 작자의 그릇은 안일지보다 못하였다. 대체 어찌 운마군이 문주가 되었는지 의문이 들 정도다.

　그래도 느껴지는 바로 보자면, 확실히 그의 무공 실력은 진짜배기인 듯하다. 겨뤄보지 않아도 그 기세를 보면 알 수 있었다.

　"밖에서도 용케 익힐 수 있는가 보더군?"

　독공을 말하는 건가. 하기야 다른 곳도 아닌 독곡이라면야 독공을 익히는 데 유리하다.

　"명필은 붓을 안 가리는 법이라고들 하지요. 타고난 명필이었나 봅니다."

"자기 얼굴에 금칠을 하는군. 중원에 있는 자들은 다들 그러나?"

"누구만 하겠습니까? 하하. 한 지역을 주름잡는 명필도 힘들어 보이는데 말입니다만……."

명필이라 말하지만, 그런 뜻으로 말하지 않음은 운마군도 알고 있으리라. 어디까지나 비꼼이다. 비꼼.

용케 알아들었는지, 운마군의 표정이 굳어지다 못해 벌게진다.

경외, 존경과 같은 것들만 받아온 그로서는 놀림 받는다는 생소한 경험에 화보다는 당황이 더 크리라.

"이, 이 네놈을……."

그때다.

적당히 때가 무르익었다고 여긴 것인지 사혼방주가 크게 외쳤다. 평소의 허허로움과는 다른 큰 목소리였다.

"모두 정숙하시오! 이차 시험을 시작할 때요."

운마군이 크게 반박을 하려는 때에 나서는 것을 보면, 방주도 운마군이 마음에 들기만 하는 것은 아닌 듯했다.

하기야 독막의 충성스러운 사람들이 아니고서야 운마군에게 호감을 가질 자는 몇 없으리라.

'이래서 사람 평소 행실이 중요한 거라니까.'

왕정의 생각을 끝으로, 이차 시험을 시작할 때가 왔다.

이차 시험은 독곡에 있어 문파마다의 성격을 보여준다 할 수 있는 시험이었다. 그것은 무인들끼리의 직접적인 대련이 아니었다.

다만 그들 자신이 독공을 익힘으로써, 아니 독공이 아니더라도 독곡을 살아가는 주민으로서 해야만 하는 시험일 따름이다.

'독에 저항…… 아니 정복이라 해야 하나…… 어느 방향이든 상관은 없겠지.'

왕정의 생각대로다.

독에 저항하든 정복하든 상관없었다.

독곡에 적응하기 이전, 아니 적응하기 위해서 버텨내던 그 시절을 회상하고자 하는 의미가 있는 시험이다.

그렇다. 이차 시험은 다른 무엇도 아닌 독에 관련된 시험이다. 독에서 시작하고 독에서 끝이 난달까.

'이차 시험에서는 일차 시험을 통해서 어렵사리 구해 온 독을 흡수한다.'

일견 간단해 보일 수도 있는 시험이다. 어떤 독을 구해 왔냐에 따라서, 독의 성격에 맞춰서 중독을 시킨다.

피부를 째고 독을 흩뿌리기도 하고, 음용을 시키기도 하며 필요한 경우에는 그 이상의 것들도 시킨다.

괴랄하지만 그것이 이차 시험의 방식이다.

방식은 간단하나, 독곡에서 살아남고 저항하기 위한 정신이 깃들어 있는 방식이니 아무런 의미 없는 시험은 아니라 할 수 있겠다.

그렇기에 처음에는 허허로운 웃음을 짓던 사혼방주도 저리 진지한 표정을 짓고 있는 것이 아니겠는가.

사혼방주는 미리 준비해 온 것이 있는 듯 독을 준비하기 위해 움직인다든가 하는 부산스러움은 없었다.

다만 사혼방의 방원 중에 하나를 시켜서 무언가를 가지고 오게 하였을 따름이다.

병의 수는 시험을 보기로 한 인원수와 딱 맞았다. 모자람도 넘침도 없었다.

"방식은 설명을 할 필요도 없을 것 같다 생각하네. 다만 그 정신을 말한다 하여 문제는 없을 것이겠지."

"……."

"……."

왕정과 녹군의 사람들은 침묵을 하고,

"그렇소이다."

독막의 주인이라 할 수 있는 운마군은 굳이 입을 열어 답을 했다. 각자의 성격이 드러나는 반응이었다.

사혼방주도 그런 반응을 예상하고 있었다는 듯 별달리

놀람도 없이 방원에게 눈짓을 보냈을 뿐이었다.

시험을 치르는 자들이 많지는 않았다. 하지만, 독막의 대소사를 담당하는 사혼방의 방원들이 본디 많은 수는 아니잖는가.

모르긴 몰라도 지금 독병을 건네는 자들이 사혼방의 반수 이상은 될 게다.

그러니 시험을 구경 나온 자들을 포함하여 자리에 있는 모두는 병을 건네는 사혼방의 사람들을 꽤나 유심히 보았다.

지금이 아니고서야 사혼방 사람들을 자주 볼 수는 없기 때문이다. 왕정 또한 호기심이 생기니 자세히 바라보는 것은 당연했다.

'분위기가 일반적인 무인과는 다르군.'

그들은 도가의 도사들처럼 허허로운 분위기를 풍기기도 했다. 헌데,

'흐음? 그나저나 무공도 여럿 가지고 있는 건가…… 몇은 기세가 다른데?'

같은 사혼방의 사람들치고는 묘하게 분위기가 다른 자들도 분명 있었다. 특이한 분위기의 사혼방이었다.

한참을 주시하고 있으려니 자신의 존재감을 특히나 표출하고 싶어하는 운마군이 조용한 분위기를 바로 깨었다.

그는 사혼방의 방원들로부터 병을 받아 들자마자 사혼방주에게 물었다.

"병이 하나인 것을 보아하니…… 셋을 섞으신 겁니까?"

"그러네."

사혼방주가 운마군의 물음에 고개를 끄덕인다. 당연한 것을 왜 묻냐는 태도다. 하지만 이건 당연한 일이 아니었다.

병 하나에, 독을 담아서 준다. 이것은 독을 따로 빼돌리지 않았다면 시험을 치르기 위해 가져온 독을 섞었다는 의미였다.

시험을 위해서 준비된 독은 셋!

녹군이 화웅을 가져왔다. 그것도 우두머리라 칭해지는 화웅을 힘겹게 잡아 온 터다.

운마군은? 운마군이 액독을 준비해 왔다.

사혼방에서 자주 사용하는 독이나 그 강함은 보통이 아닌 독이다. 게다가 최상급이기도 하였다.

마지막으로 아슬아슬하게 준비를 해 왔던 왕정은 염황사의 독을 준비해 왔다.

이들 하나, 하나의 독력이 낮은가? 아니다.

독력이 낮았더라면 이들 셋은 시험에 통과하지도 못했을 것이다.

화웅의 우두머리가 가진 발톱은 독공을 익힌 자의 목숨

을 쉬이 가져갈 정도였다.

그렇담 액독은? 최상급이라고 해도 모자람이 없는 독성을 지녔다.

왕정이라고 해서 문제가 있었겠는가. 염황사는 독곡에서도 달리 찾기 힘든 희귀한 독사다. 귀함만큼이나 독력 또한 높다.

사혼방주는 그런 독을 쉽게도 섞었다는 듯한 태도였다. 마치 숨 쉬는 듯 당연한 일을 했다는 태도다.

말이 되는가? 아니.

독을 섞는 것이 그리 쉬울 리가 없다. 특히나 시험을 치르기 위해 준비해야 하는 독이 아닌가.

'사혼방도 독에 관해서는 일가견이 있는 것인가…….'

섞는다고 섞어지면 독이 아니다. 물과 불을 섞는 것이 힘들 듯, 독 또한 여간 섞기 어려운 게 아니다.

독을 섞는 게 쉬웠다면, 누구나 혼합독을 만들어 썼을 것이다. 중원의 당가마저도 혼합독을 만드는 과정에서 얼마나 많은 희생을 치르던가.

'그만큼 만들기 힘든 것이 혼합독이다. 잘못 섞으면 서로의 부딪쳐 독력이 약해질 터인데…….'

그런데 사혼방은 그것을 해낸 듯하였다. 아직 독을 음용하지는 못하였으나 분위기를 보아하니 확실했다.

왕정의 생각대로 독에 관해 무언가 비법을 사혼방에서도 가지고 있는 것이 분명했다.

모두가 약간은 놀라는 눈빛으로 방주를 쳐다보는데, 방주가 여기에 더해 첨언을 했다.

"독력이 보통 이상이 될지도 모르네."

"서로 독력이 상쇄된 것이 아니라, 더욱 강해지기라도 했다는 겁니까?"

"그러네."

"……그게 가능한 겁니까?"

강한 독을 세 가지나 섞어 혼합독을 만들어 독력까지 강화하다니?

이건 독곡 최고의 성세를 자랑하고 있는 독막이라고 하더라도 쉬이 될 일이 아니다.

왕정이라고 해도 시간이 좀 더 걸릴 것이 분명했다. 어쩌면 독존황의 도움이 있어야만 가능할 일일지도 모를 일이다.

독을 흡수해서 내공으로써 사용하는 것과 여러 독을 섞어 혼합독으로 만들어 내는 것은 좀 다른 문제이니까.

"가능하네. 운마군 그대 덕분일세. 다른 독은 몰라도 액독은 우리의 특기가 아닌가. 항시 필요로 하는 독이지."

"아아……."

이제야 모두 이해가 된 듯했다. 하기야 이번 시험을 위해 준비된 독 중에 액독이 있기는 했다. 그것도 최상급으로!

'특기로 사용하는 것이 하나 있으니 쉬이 해냈다는 건
가…….'

일견 타당해 보이는 말이긴 했다. 액독 하나를 제대로 사
용할 줄을 알고, 그것을 활용하여 혼합독을 만들 수도……

'……아니? 그게 그리 쉽게 될 리가…… 뭔가 이상하긴
한데?'

순간 사혼방주의 말에 고개를 끄덕일 뻔하였던 왕정이었
으나, 이내 고개를 저었다.

액독 하나를 특기로 사용한다고 해서 다른 독도 쉽게 다
룰 수 있는 것은 어불성설(語不成說)이지 않은가.

'말도 안 된다. 그렇게 독이 쉬울 리가 없지. 사혼방에도
뭔가가 있는 건가…….'

액독을 이용해서 쉬이 독을 섞었다는 말에 다들 고개를
끄덕이고 있는 가운데 왕정만 다른 태도를 취해서 일까?

사혼방주가 잠시지만 왕정에게 시선을 두었다. 하지만
워낙에 짧은 시간이었기에 주변에 많은 이들이 눈치를 채
지는 못하였다.

시선을 받은 왕정만이 눈치를 챘을 따름이다.

[뭔가가 있는 거지요?]

—그런 것 같구나. 흐음…… 하기야 사혼방도 이 할애비

가 살아 있을 때는 독에 관심이 있기는 하였다.

[하기는 독곡에 살아가는 자들이 독에 관심을 가지지 않은 것도 이상하지요.]

—그들도 나름 발전을 한 듯하구나.

독곡에 살면 독에 관심을 가지는 건 당연하다. 여기까지는 문제가 없다.

[……그런데 독을 다룰 줄 안다는 것을 숨기는 것은 뭔가 묘하네요?]

—확실히 그러하구나…… 게다가 기운이 다른 사혼방 사람들과는 다른 이들도 신경이 쓰이는구나.

[둘이 있기는 하지요. 흐음……]

왕정이 더 고민할 시간을 주기는 싫은 것일까. 모든 독병이 나누어졌음을 확인한 사혼방주가 외쳤다.

"준비가 끝이 났으니, 마지막 대미를 장식해야 하지 않겠소이까?

대미라. 다음 그들이 해야 할 행동은 뻔하였다.

시험을 치르기 위해 온 자들 모두가 사혼방에서 건넨 독병의 독을 한 점 망설임 없이 들이마셨다.

그들이 준비해 온 독 하나, 하나가 절세의 맹독임에도 쉬이 넘기는 것을 보아하니, 그것 하나만 보아도 다들 보통은 아니었다.

얼마 뒤.

"크으으윽."

녹군의 참여자 중에 하나가 내지른 신음을 시작으로 이차 시험이 본격적으로 시작되었다.

*   *   *

시험을 치를 때마다 궁금함을 가지게 되는 건 당연한 일인 것일까.

일차 시험을 치를 때와 마찬가지로 운민의 눈에는 왕정에 대한 호기심으로 가득 차 있었다.

호기심에 가득 찬 눈으로 자신을 바라보는 운민의 모습이 귀여워 보일 법도 하건만, 왕정은 여전히 심각한 표정이었다.

평소 운민에 대한 귀여움을 전혀 숨기지 않고, 머리까지 쓰다듬을 정도였던 왕정이 하는 행동이라 보기에는 어색할 정도였다.

"흐음……."

"무슨 문제라도 있는 건가요?"

결국 그녀가 참지 못하고 물었다. 하기사 지금은 이렇게 심각한 표정을 지을 때가 아니었다. 되려 기뻐해야 마땅했다.

'대체 왜? 시험에도 잘 통과하셨는데…… 그것도 제일!'

다들 겉으로 말은 하지 않았지만, 이차 시험에서의 주인공은 왕정이었다. 일차 시험 때보다도 더욱 그러했다.

일차 시험에서 준비해 온 독을 마시는 이차 시험에서는, 시험 참여자들이 처음 보였던 자신만만함과 다르게 그리 좋은 상황만은 아니었다.

독을 음용하자마자 신음을 내지르기 시작한 녹군의 무사 하나를 시작으로 하여, 녹군 사람의 대부분이 고통에 몸을 뒤틀었었다.

시험장에서 단 일각도 되지 않아 순식간에 반수 정도가 몸져누웠을 정도다!

고통에 가득 차, 눈에 핏발이 섬과 동시에 간질병 환자처럼 몸을 부르르 떨고 하는 것은 애교일 정도였다.

누군가는 자신의 몸에 있는 피가 얼마나 되는지 증명하려 하는 것처럼 피를 흩뿌렸을 정도다. 칠공에서 모두.

이 외에도 보통이 아닌 모습으로 고통을 호소하던 자들이 다수였다. 순식간에 여럿이 죽었다.

사혼방이 뒤늦게서야 나서지 않았더라면 죽은 자는 더 많았을 것이다.

'그 소문난 무골 호일운조차도 힘들어했지…….'

운민의 생각대로다.

호일운도 입새를 통해 한 줄기 핏줄기를 흘렸었다. 핏줄기는 사혼방에서 준비한 독에 그가 내상을 입었음이 분명한 증거였다.

그럼에도 굳건히 몸을 곧게 편 채로, 독을 버티던 부분은 확실히 칭찬해 줄 만한 모습이었다.

조금만 더 독성이 강했더라면, 내상 정도가 아니라 다른 녹군의 사람들처럼 쓰러졌을지도 모를 일이다.

운마군은 또 어떠한가.

독공을 익힌 그라지만, 그 또한 눈에 핏발이 섰었다. 온몸에서 땀이 물줄기처럼 흐르는 것은 당연할 이야기였다.

인물됨은 부족하더라도, 무공 하나로 문주가 된 운마군이 아니던가. 그런 그가 고통스러워했으니!

그만큼 사혼방에서 준비한 독이 보통이 아니라 말할 반증이리라.

몇 세대를 거치고서 실로 오랜만에 치러진, 독인 선발 시험에 준비된 독은 그만큼이나 무서웠다.

그 또한 녹군의 호일운보다는 잘 버텨내었지만, 모르긴 몰라도 타격이 좀 있었을 것이다. 혹시나 입새로 흐를 핏줄기를 씹어 삼켰을지도 모를 일이랄까.

그에 반해 왕정은 어떠했는가.

가장 쉽게 독을 이겨냈다. 아니 이겨낸다는 표현이 어울리지 않았다. 그저 쉬이 흡수했을 뿐이다.

왕정은 독을 먹고도 아무런 반응이 없었을 정도로 완벽히 해내었다. 세 가지의 강한 독이 섞인 것임을 감안하면 대단한 결과다.

그만큼 왕정이 흡독에 관해서 만큼은 일신의 경지에 올라갔다 할 수 있는 반증이었다.

"운민."

"예?"

왕정이 여전히 침중한 표정으로 말한다.

"오늘은…… 미안하지만 혼자 있게 해 주겠어?"

"예? 아…….”

명백한 축객령이다.

표정이 좋지 않음을 보고, 무언가 이상함을 느끼기야 했다. 하지만 직접적으로 축객령을 할 줄이야.

왕정이 이러는 경우는 또 처음이기에 운민으로서는 내심 서운함을 느낄 수밖에 없었다.

본디 그의 옆에 붙어 있는 것부터가, 되든 안 되든 그를 위로하기 위함이었으니 섭섭하지 않으면 그게 더 이상하였다.

허나 섭섭하다 해서 왕정의 말을 그녀가 거절할 수 있겠는가. 들어야만 했다.

"……예. 그럼 물러가 보도록 하겠습니다."

평소보다 딱딱하게 말할 수 있는 것이 그녀가 할 수 있는 반항의 최선이다.

"미안. 고민해야 할 게 있어서 말이지."

"아니에요. 그럼 가보겠습니다."

그녀가 떠나갔다. 그리고…… 왕정은 언제나 그러하듯, 몸은 혼자이되 둘로서 이야기를 해 나갔다.

"느끼셨죠?"

─물론이다.

왕정은 독존황의 말을 들음으로서 자신이 느낀 것이 잘못되지 않았다는 것을 알았다. 그때 자신이 느꼈던 것은 헛것이 아니었던 것이다.

헛것이었더라면, 독존황이 정정을 해 주었을 테니까.

"저희가 가져다 준 독은 세 개였어요. 그 세 가지를 조합해서 만들었다고 한 것이 사혼방주가 준 독이었죠."

─그러하다. 오직 일차 시험에서 준비된 독을 사용해야 함이 옳다. 준비된 독들이 서로 간에 독성을 상쇄시키든, 시키지 않든 간에 해야 한다. 그게 법도이지.

이차 시험은 독곡의 정신을 기리기 위한 시험이기도 하지 않은가. 독존황의 말이 맞을 수밖에 없었다.

그렇기에 왕정은 그의 말을 들으며 고개를 끄덕였다.

"예. 독곡이니까요."

그런데 자신은 분명 그 셋의 독 외에 다른 독을 느끼었다.

아니 독이라고 하기에는 전혀 다른, 지금까지 흡독해 보지 못했던 어떤 것의 기운을 느끼었다.

'연독기공의 성취가 낮았더라면…… 느끼지 못했을 것이지.'

살아 움직이면서, 동시에 독인 것. 은밀하게 다른 이에게 심는 것이 목적인 독. 그것은……

—분명 고독이었다.

"할아버지의 말대로겠지요. 저는 고독이라는 것의 존재 밖에는 알지 못했으니까요."

사람을 조종하기 위해서 마련하는 고독이라니.

이차 시험에 대체 왜 고독이 등장한 것일까? 이차 시험의 독을 준비한 것은 사혼방이지 않은가.

무언가 이상했다.

"사혼방주가 그리 준비를 한 것일까요?"

—모를 일이지. 다만 고독을 특기로 한 곳은……

이곳 독곡은 고독을 잘 사용하지 않았다.

수가 적은 것도 그 이유였지만, 독곡은 독을 다루는 방식이 무엇이든 고독과 같은 얕은 수는 사용하지 않았다.

다만 다른 곳에서는 자신들의 생존을 위해서라도 고독을 사용하였을 따름이다. 혹은 자신들의 교리를 위해서였다.

제갈혜미에게 들어서 알 수 있는 곳. 지금의 자신과는 전혀 연이 없다고 할 수 있는 그곳은.

"……마교겠지요?"

—확률상은 그곳이 가장 높으니라. 하지만 마교가 이곳 독곡에까지 손을 뻗친 적은 없었느니라.

"예. 거리도 멀고, 그럴 이유도 없었으니까요. 정말 모를 일이군요. 마교는 분명 꽤 오래 활동을 하지 않은 것으로 아는데……."

그들은 몇 세대 전에 크게 패배를 하고 물러가지 않았던 가. 설마 오랜 시간 동안 다시 힘을 비축하여 암약하기 시작한 것인가?

—어떤 것도 알 수가 없구나. 마교가 아닌 독곡에도 고독 은 있으니 말이다. 다만……

"다만요?"

—혹여나 고독을 사용한다 하더라도 무슨 소용이 있겠느 냐. 연독기공은 모든 독공의 상위일지니……

"아아……."

독존황은 상대가 암약을 하든, 암수를 쓰든, 설사 독을 쓰든 상관이 없다는 어조였다.

그렇다. 그는 능히 그럴 말을 할 만한 자격이 있는 자였 다. 왕정이 아는 한 그 이상으로 독공에 강자는 없으니 말 이다.

실제로 고독이 왕정의 몸에 침투할 법할 때도, 다른 이들이 모르게 독존황이 도움을 주었지 않은가.

그의 도움이 아니었더라면 이차 시험에서, 왕정 또한 작게나마 내상이라도 입었을지 모를 일이다.

"예. 분명 깨부술 수 있겠지요. 제가 아닌 다른 이가 중독되었다고 하더라도 말이죠. 다만 문제는……."

―문제라?

"제가 아닌, 아니…… 제 주위에 있는 사람이 아닌 다른이가 당했을 때는 문제가 될지도 모르죠."

―흐음…… 예상이 가는구나.

"예. 마교가 아닌 다른 집단이 고독을 쓰는 것이든, 사혼방이 쓰는 것이든 간에 그것이 저 멀리까지 퍼져 있다면……."

왕정의 걱정은 타당하기는 했다. 고독이 중원 어딘가에 퍼져 있다? 상상만하더라도 끔찍하지 않은가.

고독 자체는 두려운 것이 아니라 할지라도, 그것을 사용하는 자가 정의로운 곳에 사용할 리는 없으니 말이다.

―허허…… 분명 염려는 될 만한 일이긴 하구나. 하지만이제 중원과 너는 상관이 없지 않느냐?

"그랬으면 좋겠는데 말이죠. 제가 정말 중원과의 연이완전히 끊어졌을지는 모를 일이죠. 잊지 않았으니까요."

—후우…….

복잡하기만 한 인연, 혹은 누군가가 일으킨 문제라는 것들은 상상 이상으로 많은 이들에게 영향을 끼치는 법이지 않은가.

'이상하게 무슨 사건만 일어나면 얽히게 된단 말이지…….'

왕정이 생각하기에 독존황이 깃들고 나서부터는 자신의 삶은 꽤나 순탄하지는 않은 터다.

어쩌면 이 고독을 사용하고 있는 자들이 독곡을 넘어 다른 곳에도 암약하고 있을지도 모르니!

'준비를 해야 할지도…… 후우.'

상상 이상으로 팔자가 센 왕정이었다.

第六章

봉부필파(鳳復必破)

'준비를 해야 한다.'

군자, 아니 군주와 같은 자가 있다하면 정우를 말하는 것일까?

무림맹의 흑무였던 자. 미래가 촉망되었으나, 서자라는 한계로 그 이상은 올라가기 힘들었을 그다.

그런 그는 왕정을 만나고 변했다.

왕정이 그에게 변화를 주었냐고? 전혀 없다고는 하지 못하겠다. 하지만 그게 전부는 아니다.

다만 그는 왕정이 겪는 것을 가까이서 보아왔을 뿐이다. 정파의 허울, 허상, 차별. 그리고 치부.

흑무로서 활동하는 그에게조차도 숨기고 있던 정파의 단면이 갑작스레 모습을 드러내었다.

정파의 민낯을 본 정우다. 허나 민낯을 보았다 해서 그가 꼭 무언가를 해야 할 필요는 없었다.

비록 서자라지만 남궁가의 피가 반은 흐르고 있는 그가 아닌가. 비록 한계는 있을지라도 다른 하급 무사들보다는 나은 삶을 살 수 있었을 것이다.

게다가 무공 실력이나마 제대로 타고 났으니, 어쩌면 서자의 한계를 뛰어 넘어 무림맹의 중책을 맡았을지도 모를 일이다.

남궁가의 적자만큼은 아니어도 분명 그에게 주어진 것은 컸다. 하지만 그는 자신에게 주어진 전부를 버렸다.

남궁가의 서자라는 것. 흑무로서 활동한 공적. 무림맹에서 쌓아 온 인연. 정파의 허상 속에서 누려왔던 모든 것을 버렸다.

'버리지 않은 것이라면…… 어쩔 수 없이 무공 하나려나?'

고혼일검. 그의 아버지가 그를 위해서 하사했다 할 수 있는 남궁가의 무공. 그것 하나만을 버리지 못하였다.

그 외에 모든 것을 버렸다. 무림맹을 나갔다. 정파의 민낯을 정면으로 마주한 그의 선택이다. 그리고 그 선택에서 한 걸음 더 나아갔다.

물경 수백을 헤아리는 정의방.

그곳은 그로부터 태어났다.

그리고 그는 그곳을 아우르고, 다스리며 또한 이끌어 감으로써 한 명의 무인이 아닌 한 명의 군주와 같은 모습으로 변화하고 있었다.

어느 문파의 문주, 어느 전장의 장군, 어느 지방의 성주를 맡겨 놓아도 그는 잘 해나갈 것이다.

그만큼 그릇을 키웠다. 왕정만이 아닌 그 또한 성장을 해나간 것이다. 그런 그가 다시금 선택의 기로에 놓여 있었다.

"아직도 고민 중이신가요? 후후."

"예. 솔직히 그렇습니다."

정의방의 군사라 할 수 있는 여인. 제갈혜미의 물음에 여전히 굳은 표정을 하고 있는 정우다.

방이라는 형태를 갖추고, 새로운 방식으로 무공을 익혀가며, 상상치 못할 속도로 성장을 해나가는 정의방의 공신 중에 하나인 그녀.

지난 시간 동안 정의방을 발전시키는 것 외에는 달리 아무런 의견 표출을 하지 않던 그녀다.

그런 그녀의 한마디가 그의 고민을 키웠다.

'봉부필파(鳳復必破)'

단 네 글자.

'봉황 또한 새로운 부활을 위해서는 알을 깨야만 한다.'

비유다. 허나 비유라 해도 직설적인 비유다.

천재라 불리는 그녀가 굳이 이런 직설적 비유를 하는 것은 그만큼 정우가 의도를 빨리 알아채주길 바라서이리라.

정의가 무너져 내려가는 정파에 환멸을 느껴 모인 정의방. 그들이 더 나아가기 위해서는 필히, 변화가 필요하다는 말이다.

그렇담 어떤 변화일까?

"수련, 생활의 변화…… 그 어느 것도 소저의 의도에는 없으시겠지요?"

"그럴 리가요."

답답해하는 정우의 물음에 제갈혜미는 그저 웃어 보일 뿐이다.

여느 사내라면 반할 법도 하건만 되려 정우는 그녀의 웃음에 혼란만 더해갈 따름이다. 그만큼 내심이 복잡했다.

"고작해야 그런 것이 봉황의 알을 깰 수 있겠습니까?"

정의방 내부의 변화로는 부족하다는 소리다. 그 누구보다도 열심히인 그들에게 부족한 것이 무엇일까?

그녀가 묻는다.

"방의 본디 목적이 수련을 위함이었습니까?"

"아닙니다."

"친목 모임은 더더욱 아니겠지요?"

"예."

그 누구보다도 그것은 잘 안다. 정의방은 친목모임도, 무공에 열을 올리기 위해서 만들어진 방도 아니다.

흐트러져가는, 아니 이미 흐트러진 지 오래인 정파의 기치를 살리기 위해서 만든 곳이다. 그렇기에 정의방은……

"아……."

"후후. 깨달으셨군요."

수련만 해서는 안 되었다. 때를 기다리며 준비를 하는 것은 좋으나, 언제나 이렇게만 머물러선 안 되었다.

그가 처음 만들었던 정의방은 모이는 데에 목적이 있는 것이 아니었지 않은가.

'나아가야만 한다.'

그게 정의방의 본질이다. 아니 앞으로의 정의방의 본질을 지키기 위한 방안이다.

지금 이 순간만큼은 정의방에 속한 모두가 무공 수련에 열심히더라도.

나서지는 못하고 있으나 정의방에 동조하여 알게 모르게

여러 곳에서 들어오는 지원에 불편함 따위는 전혀 없더라도.

'앞으로도 그리 된다고는 장담할 수 없지 않은가.'

그는 정의방을 이끄는 장(長)이기에, 미리 준비를 해야만 하였다. 그것을 제갈혜미가 짚어준 것이리라.

그렇기에 물었다.

"어떻게 해야 합니까?"

그의 물음에 제갈혜미가 여전히 생글거리며 말한다.

나쁜 것을 그 무엇보다 빨리 배운다는 말이 있듯, 왕정 특유의 능글거림을 제대로 배운 듯한 그녀다.

"그것을 고민하는 게 일이 아니겠습니까? 후후."

"……"

침묵하는 그.

"그럼 저는 이만 이화 소저의 수련을 봐드려야 해서요. 먼저 가보겠습니다."

그런 그를 바라보며 인사를 남기는 그녀였다.

"후…… 언제나 고민만 남기는군."

정의방의 방향을 위한 그의 새로운 고민이 시작되었다.

*　　　*　　　*

사천성 사건 당시 아미로부터 시작을 하여 소림, 제갈, 무당에 이르기까지 당가와는 다른 노선을 선택한 자들은 많았다.

그것이 정파로서 정의를 세우기 위함인지, 자신들의 이득만을 생각한 것인지는 알 수 없다.

열 길 물속은 알아도 한 길 사람 속은 잘 모르는 것이 당연한 것 아니겠는가.

누군가는 관언처럼 무림맹을 바로잡기 위해서 모인 것일 테고, 또 누군가는 새로운 방식으로 자신의 사욕을 채우기 위함도 이유가 되리라.

순수치 않은 이유로도 모인 자가 있을 수 있다는 것이다.

젊은 시절, 정의만을 부르짖던 관언이었더라면 순수치 않은 이유에 실망을 했을지도 모른다.

'……멀리 왔지.'

허나 지금, 순수하기만 하던 관언은 없다. 적을 학살하는 전귀이되 정파만을 위하던 그는 이미 사라졌는지도 모른다.

아니, 정의가 너무 닳고 닳아 이제는 다 늙은 노인의 아집으로만 남아 있을지도 모를 일이다.

'그 또한 상관없다…….'

그는 진정으로 그러한 모든 것들이 상관없었다.

과거에 정의를 부르짖던 순수하기만 한 자신도 관언이었으며, 노화하였으나 정신은 더욱 깊어진 자신 또한 관언이다.

과거로부터 지금까지 이어져와 지금의 자신이 만들어져 있지 않은가.

'중요한 것은 대의다.'

맹주와의 방식과는 다르더라도, 자신만의 방법으로 정의를 세우면 그것으로 될 일이다.

그리고 그것을 위하여 정파인치고는, 아니 정파인으로서는 하지 말아야 할 선을 넘어야 할 상황이기도 했다.

이곳에 모인 자들 모두 그런 사실을 알고 있으나, 굳이 입 밖에는 내뱉지 않았다. 다만 침중한 얼굴이 그들이 할 수 있는 최선이다.

모두가 그들이 말하는 대의를 위해서였다. 정파와는 어울리지 않을 방식일지라도…… 그것이 그들의 생각이었다.

그러한 것들을 위한 모임을 그들은 가지고 있었다. 관언을 중심으로 하여 정파를 위하여 정보를 수집하고, 계책을 마련하고, 암약할 그들이다.

"사혈련도 요즘은 복잡하다지요?"

관언의 물음에 제갈운이 답을 한다.

"그렇다고 합니다. 황실이 생각 이상으로 협조를 해 주지 않고 있다고 합니다."

"개방의 정보에 의하면 받을 것은, 받고 있다고 하지 않았습니까?"

받을 것이란 뇌물이다.

그 사실을 제갈운도 알고 있기에 바로 고개를 끄덕였다.

"그것이 더욱 문제라고 합니다. 받지 않는 것은 아닌데…… 그럼에도 감사를 하면서 사혈련 내부를 쥐 잡듯 잡고 있으니 말이지요."

"흐음…… 저희로서는 분명 좋은 일이긴 합니다만은……."

정파를 대표하는 무림맹의 적이라 할 수 있는 곳은 사혈련이다. 그런 사혈련을 황궁에서 쥐 잡듯 잡고 있다면 분명 좋은 일이다.

'하지만…….'

너무 미심쩍은 상황이지 않은가?

군이 황궁에서 그렇게까지 할 필요는 없었다. 아무리 폭약을 사용했다지만 이건 심하였다. 선을 넘었다는 말이다.

"그래도 슬슬 정리는 되고 있다고 합니다. 황궁으로서도 더 심하게 했다가는 사혈련의 반발이 보통을 넘을 것을 알고 있는 것이겠지요."

"그것뿐이겠습니까? 듣기로는 녹림도 문제가 있다 했지요?"

"알고 계셨군요. 녹림도 분명 문제라고 생각은 합니다. 변화를 하고 있으니까요."

녹림(綠林).

산적들의 모임이라 할 수 있는 그들은 하나이되 하나가 아니었다. 무려 칠십이 채나 되는 도적의 모임이 다시 모인 곳이 녹림이다.

그렇기에 언제나 그러하듯 그들은 하나이되 하나가 아니었던 것이다. 모일 수가 없었으니까!

사람 셋이 모여도 한 명의 장을 만들기가 힘든 법인데, 무려 칠십이 명의 장이 모인 것이지 않은가.

총채주라는 자가 있기는 하지만, 상징적 의미가 강할 뿐. 진정한 의미로서의 맹주라고 하기에는 무리가 있었다.

하나로 모이지 못했기에 약한 자들.

그렇기에 많은 수를 자랑하면서도 사혈련과 무림맹에 밀려 쳐주지도 않던 곳이 바로 녹림이다.

그런 녹림에서 변화가 일어나고 있었다. 조용하면서도 무언가 진중한 변화였다.

"변화라. 득과 실은 어떻다고 합니까?"

"듣기로 하나로 모이기 시작했다고 하더군요."

"흐음…… 그게 가능하겠습니까? 예로부터 총채주라는 자들이 녹림을 하나로 묶으려던 시도는 항상 하지 않았습니까?"

힘이 있으면 사용하고 싶은 법이며, 조직을 이끌게 되면 자신의 것으로 하고 싶은 건 당연한 법이다.

그렇기에 역대 녹림의 총채주들은 진정한 의미로 녹림의 통합을 원하였다.

대를 이은 행사라도 되는 듯 실제로 통합을 위하여 움직이는 자들도 수두룩하였다.

규모에 비해서 무공의 깊이가 얕다 알려진 녹림이지만, 숫자라는 것은 무서운 법. 그러니 결과는 자연스럽게 실패였다.

그렇기에 녹림을 통합하려는 자가 나타난다 하여도 그리 걱정스럽지만은 않은 게 보통이었다. 허나,

"이번에는 다를지도 모르겠습니다."

"다르다니요?"

"전부는 아니나, 일부는 이미 통합해 내는 데 성공했기 때문이지요."

"그러한 일은 전전대의 녹림야차도 해내었던 일이 아니었습니까?"

전부가 아니면 일부라도 통합을 해내는 것. 그것 정도는 역대로 몇 명이고 해낸 자가 있었다.

'그게 그리 염려가 될 일인가? 무림사를 살펴보면 몇 번이고 있었던 일이 아닌가.'

가만히 이야기를 듣던 아미의 정민 사태는 이해를 할 수가 없었다. 그래서 물은 것이다.

"예. 분명 전부터 있었던 일이지요. 허나 그 분위기가 심상 치는 않으니…… 대비는 해야 할 듯합니다."

제갈운의 말대로라면 상황상 변수가 하나 더해지고 있었 다.

그의 말대로라면 사혈련뿐만 아니라 녹림까지 신경을 써 야했다. 아니, 그의 조심성대로라면 황실도 신경을 써야 할 게다.

황실 또한 평소와는 다른 행실을 보이고 있으니 말이다. 해서 다시 묻는 정민 사태다.

"으음…… 녹림 이전에 사혈련도 문제이지 않습니까? 게 다가 황실도……."

"분명 많은 변수가 있지요. 점창에 듣기로 독곡도 낌새가 수상하다고 하니……."

"허어……."

무림에 평화가 가고 혼란이 오는 것인가. 하기야 지금까지 는 너무 평화롭기만 하던 무림이다.

정의로웠던 무림맹마저도 변질될 만큼 충분한 시간이었다. 무슨 일이 벌어져도 진즉에 벌어지긴 해야 했다.

모두가 상황을 실감하고 침묵을 지키고 있을 때. 제갈운과 미리 이야기를 나누었던 관언이 다시 나섰다.

"준비를 해야겠지요. 하지만 이왕이면 대응만 하기보다는 미리 움직이는 것이 좋겠지요."

"미리 움직인다라는 말씀은……."

관언은 대답을 대신하여 눈짓을 하였다. 그의 눈길이 향하는 곳은 바로 사혈련의 총단이 있는 호남을 향하고 있었다.

"사혈련. 그들에게 갚을 빚이 있지 않습니까?"

제갈운의 마지막 추임새가 관언의 눈길에 그 깊이를 더하고 있었다.

             *   *   *

환노의 목소리에는 힘이 없었다.

"변하긴 했습니다만은…… 이것을 좋다 해야 할지는 모르겠습니다."

완벽에 가까운 그, 실패가 없다 할 수 있는 그다. 그런 그가 제대로 일을 행하지 못하고 있으니, 여간 속이 끓는 것이 아닐 게다.

"흐음…… 알 수가 없다라……."

"이런 작은 일을 해결하지 못해서야…… 송구스럽습니다."

"아니네."

사혈련주 또한 마찬가지였다. 련주가 될 만한 그릇을 가진 그가 아닌가.

비록 정의를 부르짖는 것은 아니라지만 거대한 사혈련의 련주로서 충분한 능력을 가지고 있는 그다.

그가 환노의 노력을 모를 리가 없었다. 게다가 작금의 상황은 노력이 아닌 그 이상의 뭔가가 필요했다.

'계집, 돈. 그중에서…… 돈을 받아들였다라.'

그나마 희망이 있다면, 감사를 온 자가 논을 받기는 했다는 것이다.

처음 무조건적인 거부만을 하던 그치고는 이것만으로도 큰 발전이라 할 수 있었다. 여지가 생겼다는 것이니까.

하지만 뭔가가 이상했다. 단순히 돈을 받았다고 해서 풀어질 일이라기엔 일이 너무 커져 있었다.

그동안 사혈련이 바친 재화가 보통이 아니건만, 황궁은 전혀 사정을 봐주지 않았으니 말이다.

돈 이상의 뭔가가 있었다. 특히 사술이 실패한 것이 컸다.

"아직까지 어떤 사술을 건 것인지는 알아내지 못하였는가?"

"……송구스럽습니다."

"흐음…… 환노 그대가 모를 환술이라."

정파는 사술이 없다. 허나 사혈련은 사술이 있다. 녹림도 얕으나 사술이 있다 들었다. 그러한 모든 사술을 안다 하는 환노다.

'그런 환노가 모를 사술이라 하면……'

생각하기는 싫지만 한 가지의 결론에 귀결이 되어가지 않는가. 말도 안 되는 소리라고 생각하며 고개를 휘저어 보는 사혈련주다.

하지만 아무리 생각해 보아도 결론은 한 곳으로 도출되어 가고 있었다.

확인을 해야 했다. 몇 번이고 확인해도 부족함이 없을 일이다. 그는 마지막으로 확인하기 위해 조심스레 환노에게 명령을 내렸다.

"……황궁에 관련하여 조사를 해 보게나."

"북경에 직접 말입니까?"

"그러네."

련주의 말이라면 섶을 지고 불에라도 뛰어들 환노다. 충성이 문제가 아니라, 불안이 더해져서 환노가 다시 물었다.

"시기가 워낙에 수상한지라…… 문제가 될 수도 있습니다."

"알고 있네. 하지만 무언가가 끼어 있네. 알 수 없는 무언가가."

"설마……."

그제야 환노도 무언가를 눈치챈 듯, 찰나지만 눈을 뿌릅떴다.

그 또한 경험이 보통은 넘지 않았는가. 환노 또한 련주와 비슷한 결론에 도달한 것이 분명했다.

"그것이 아니길 바라야 하지 않겠는가. 그러니 사람을 보내보게나."

"예. 고르고 또 골라 보내 보도록 하겠습니다."

"믿고 맡기겠네."

"예!"

환노는 분명 노인이나, 련주의 명령을 받을 때의 기백은 여느 젊은이들 못지않았다.

감사를 온 관리에 관한 일에 실패를 하였으니 이번 일을 기회로 만회를 하려고 하는 것이리라.

충성심이 깊은 그다웠다.

그때다.

그가 물러나기를 기다리기라도 한 것일까? 한 사람이 머물기에는 거대하기만 한 대전에 또 다른 인물이 모습을 드러냈다.

그 주인공은 사파의 인물이라기보다는 정파에 가까운 기운을 내뿜어대는 사군창 조준이었다.

그의 표정은 여느 때와 비슷해 보였다. 허나 그와 가장 가까이에서 마주하는 사혈련주는 그가 평소와 다름을 알았다.

'무언가 또 있군. 흐음…… 근래에 들어 일이 복잡하기만

하구나.'

묘하게, 비틀렸다는 표현이 옳은 것일까?

무언가가 방해를 하듯, 묘하게 자신의 원하는 바가 제대로 이루어지지 않고 있다는 것을 느끼고 있는 련주였다.

"무슨 일인가?"

아직까지 조준이 아무런 말도 하지 않았다.

하지만, 련주에 오르기까지 도움이 되었던 직감으로나마 무언가 잘못되고 있음을 직감하고 있는 것이다.

"……일이 조금 꼬여가는 것 같습니다."

"무엇이 또 꼬인다는 말인가?"

이어지는 조준의 말에 련주의 표정이 굳어져간다.

녹림. 무림맹. 정의방. 황궁. 중원에 있는 굵직한 곳들이라 할 수 있는 곳은 모두 요동치고 있었다.

난세가 만들어져 가고 있는 것이다.

第七章

삼차 시험 시작

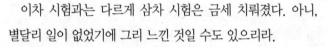

이차 시험과는 다르게 삼차 시험은 금세 치뤄졌다. 아니, 별달리 일이 없었기에 그리 느낀 것일 수도 있으리라.

녹군이고, 독막이고 가릴 것이 없었다.

일차 시험이 끝났을 때와는 달리, 이차 시험 후에는 다들 자신의 몸을 보신하느라 바쁜 시기였다.

그만큼 사혼방에서 준비한 독이 강력했으니 당연한 이야 기다.

달리 말해, 삼차 시험을 치르기 위해서 마련된 대련장에 모인 것이 이차 시험 이후 처음 모인 것이라 할 수 있었다.

삼차 시험을 치르기 위해서 모인 자들은 총 넷.

이차 시험을 치를 때보다 더 줄었다. 처음 열이 넘던 인원이 참여를 했었던 것치고는 초라한 수였다.

독막과 일독지문은 넘어간다 쳐도, 녹군에서는 내상을 아직 이겨 내지 못한 자들도 꽤 많으리라.

"모두 모인 것이오?"

사혼방주가 녹군의 호일운을 바라보며 물었다. 독막과 일독지문이야 한 명씩 출전하였으니 물을 것도 없었다.

호탕하기만 한 호일운이 조금은 씁쓸하다는 듯 고개를 끄덕였다.

"……방주님 덕분에 목숨들은 부지할 수 있었습니다."

목숨을 부지했다라.

목숨만 붙어 있다 해서 살아 있는 것이라 할 수 있을까. 무인에게 있어서 부서진 육체라는 것은 죽음과도 같지 않던가.

호일운의 표정이 굳어 있는 것도 당연했다. 사혼방주도 그것을 깨달았기에 더 말을 붙이지는 않았다.

다만 독인 선출 시험을 이끌어가야 하는 그로서의 본분을 다해 나갈 따름이었다.

"삼차 시험을 시작하도록 하겠소이다!"

*   *   *

미리 짜여 진 대전표는 간단했다.

애시당초 네 명이서 하는 대결에서 복잡하게 짜여지는 것도 이상했다. 다만 대련 순서의 배려는 엿보였다.

삼차 시험에 출전하는 자 넷 중 둘은 녹군의 사람이지 않은가. 그래서인지 사혼방에서는 녹군의 둘을 나눴다.

녹군끼리 붙어보아야 부전승이 될 확률이 높으니 해 놓은 배려인 듯했다.

"잘 부탁하네."

"저야말로 잘 부탁드리겠습니다."

첫 대결은 호일운과 독막의 운마군의 대결이었다.

'기세가 장난 아닌데……'

덩치가 제법 되는 둘 덕분에 널따란 대련장이 꽉 차는 듯했다.

"어떻게 생각하세요?"

근래에 들어서 무언가 고민이 있는 듯 표정이 굳어 있는 운민이 왕정에게 묻는 것이었다.

"응?"

"둘의 결과요."

그녀도 무인이니 둘의 대결이 어찌 될지 궁금한 것은 당연한 이야기였다.

자신이 예상한 바도 있겠지만 왕정의 경지가 더욱 높으니,

따로 물어보는 듯했다. 그제야 왕정도 둘의 기세를 읽기 시작해 보았다.

"으음……."

독곡의 운마군이야 어느 정도 경지가 예상이 된다지만, 호일운은 전혀 알지 못하던 형태의 무인이었다.

덩치를 보면 외공의 고수려니 하겠으나, 녹군은 외공만을 익히는 곳은 아니었다.

독곡의 독을 몸으로서 지배해내려는 그들이니만치 하나에만 치우치지 않아 있었다. 내외공의 일체를 추구하는 곳이 녹군인 것이다.

그런 녹군이니만치, 아무리 왕정이라고 하더라도 쉽게 읽힐 리가 없었다.

허나 왕정이 아니어도 답을 내어 줄 자는 따로 있었다.

─외공은 경지에 이르렀어도 아직 내공은 강하지 않은 듯하구나.

[그래요? 그렇다면…… 역시 운마군의 승리인가요?]

─달리 수가 없다면 그리 될 듯하구나. 허나 운마군이라는 아해도 분명 고전을 면치 못할 것이다.

[과연 그럴까요? 상황이……]

대화를 하면서도 운마군과 호일운의 대결을 주시하고 있던 왕정이다.

그도 이제는 무인이니, 둘의 대결에는 관심을 가질 수밖에 없었던 것이다.

게다가 별달리 일이 없다면 얼마 후 붙을 상대이기도 했다. 관심을 가지지 않으면 그게 더 이상했다.

"하아아압!"

헌데 둘의 대결을 보고 있자면, 누가 보아도 승자가 될 자는 운마군인 듯했다.

운민이 둘의 대결을 물어본 지가 얼마 되지도 않았는데, 그 시간 사이에 호일운이 밀리고 있었던 것이다.

그만큼 둘의 실력은 크게 차이가 나는 듯했다. 헌데 독존황은 자신이 있어 보였다.

─허허. 지켜보거라.

독존황의 기대를 느낀 것일까? 갑작스럽게 기합성을 내뱉음과 동시에 호일운의 기세가 일변했다.

그 광경을 지켜보고 있던 관중들이 무언가를 알고 있다는 듯 크게 소리친다.

"오오! 벌써 저 정도 경지에 오른 것인가!"

"녹군이 새로 낳은 천재라고들 하더니 확실히 다르군."

왕정으로서는 알지 못하는 뭔가를 아는 듯했다. 해서 되려 왕정이 운민에게 물었다.

"할아버지가 말하기로는 녹군의 호일운에게 뭔가가 있다

는데, 그게 뭐지?"

"아아. 태사조님은 모르실 수도 있겠네요. 전전대 녹군의 문주에 대해서 말씀을 안 드렸었던가요?"

그녀의 물음에 답 대신에 물음으로 답한 게 되었으나, 둘 모두 그러한 것은 신경 쓰지 않고 있었다.

둘이 대화를 하는 중에서도, 호일운은 변한 기세를 그대로 유지한 채로 운마군을 밀어붙이고 있었다.

과연 처음의 대결에서 왜 밀렸는지 이해를 할 수 없을 정도의 모습이었다.

왕정은 여전히 시야는 호일운에게 고정을 한 채로 운민에게 다시 물었다.

"아무래도?"

"헤에…… 전전대의 녹군 문주는 천재였어요. 녹군을 다시 새롭게 바꿀 수 있을 만큼요."

"새롭게 바꾼다? 설마……."

"맞아요. 주무공을 한층 더 발전시킨 것이지요."

"하……."

왕정의 눈이 크게 뜨여졌다. 그만큼 그의 놀람이 보통이 아니었다는 반증이리라.

무공이란 무엇인가.

손놀림? 발재간? 움직임? 싸움만을 위한 기술? 그럴 리가 없지 않은가!

무공이란 무를 익히는 자의 정신이 깃들어 있는 것이다.

그에 파생된 것으로 초식이고, 기술이고 하는 것들이 있기는 하나 그 근본은 정신에 있다고 할 수 있다.

녹군만 하더라도 간단하다고도 생각할 법한 정신을 그대로 유지하고 있지 않은가.

'독막의 독을 이겨내어 지배한다.'

그들은 독공을 익히는 대신에, 타고난 육체를 단련하여 독을 지배하려 하는 자들이었다. 그것이 그들의 정신이기도 했다.

그렇게 탄생한 것이 녹군의 무공이다.

그런 정신이 깃든 것을 쉽게 발전시킬 수 있을까? 한 단계 상위의 것으로 바꿀 수 있을 것인가?

'말도 안 되지!'

그게 쉽게 될 리가 없지 않은가?!

무공을 한층 진일보시킨다는 것은 때로 새로운 무공을 창안하는 것보다 어려운 것이다.

생각해 보라. 무공이 처음 만들어질 때의 정신을 그대로 유지하면서 발전시키는 것이 쉬울 리가 없잖은가!

애시당초 처음 무공이 만들어질 때부터 그 정신에 맞추어진 것이 무공이니 말이다!

게다가 녹군의 무공은 두렵다고도 할 수 있는 독곡에서도 알아주는 상위의 무공이지 않은가.

그런 것을 녹군의 전전대 문주라는 자는 발전시키는 데 성공을 해 낸 것이다.

결론은 하나다.

"괴물이었군?"

"예. 오죽하면 당시에 독막에서 독곡을 차지하지 못한 것은 그가 이유일 수도 있다고 하니까요."

"흐음…… 그럴 수도 있겠네. 이름은?"

"호일상요. 무공의 이름은 천독파공(千毒破功)이라고 하더군요."

"천독파공이라…… 광오한 이름이긴 하네."

"녹군답지요. 게다가 당시에는 그 누구도 그 이름에 토를 달 수 없었구요."

"흐음……."

강자 하나가, 문파전의 승패를 좌우할 수 있는 것이 무림이다. 그것은 이곳 독곡에서도 통용되는 규칙일 터.

그가 있음으로서 녹군은 두터운 벽이 되었을 것이다. 독막이 독곡을 차지하지 못하게 하는 두터운 벽이!

'일독지문이 운이 좋긴 했군…….'

어쩌면 녹군의 전전대 문주가 아니었더라면, 연독기공이 없는 일독지문은 독막에 복속된 지 오래였을 것이다.

여러 이유가 더 있기는 하겠지만, 적어도 전전대는 녹군의 문주 덕에 일독지문이 대를 이어갈 수 있었을 것이다.

'녹군을 신경 써서라도 일독지문을 공격하지는 못했을 테니까. 재미있군⋯⋯.'

아주 오래전의 일이다.

빚을 졌다고는 생각하지 않는다. 다만 세상사라는 게 참 묘하게 돌아간다고 다시금 느꼈을 뿐이다.

왕정이 자신의 이야기에 흥미를 보여서일까. 운민이 좀 더 설명을 부연하였다.

"지금은 죽었다는 말도 있고, 좀 더 무공을 갈고 닦기 위해서 은거를 했다는 말도 있어요."

"아직 살아 있을 수도 있다고?"

"예. 그 정도의 경지라면 백수를 누리는 것은 당연한 이야기일지도 모른다고 하더라구요. 한노가요."

"허어⋯⋯."

한노가 한 이야기라면 충분히 가능성이 있었다. 오래 만난 알고 지낸 이는 아니나 그는 충분히 믿음직한 사람이었으니까.

그때다. 가만히 이야기를 듣던 독존황이 작게 한마디를 한다.

─한번 만나보고 싶구나.

[하하. 가능하다면 전 피하고 싶은데요?]

―모를 일이지. 그나저나 대결이 묘하지 않으냐?

대결이라.

운민과 대화를 하면서도 둘의 대결에 집중을 하고 있었던 왕정이다. 묘하게 돌아감을 모를 리가 없었다.

어마어마한 기세, 덩치에 맞지 않은 빠른 움직임, 두터운 손에서 나오는 괴력.

어느 것 하나 모자람이 없는 호일운은 운마군이 생사대적이라도 된다는 듯 상대를 하고 있었다.

아주 결단을 내리려는 기세였다.

"오시오!"

"……."

자존심을 넘어 자만심이 강하다고도 할 수 있는 운마군이 아닌가. 헌데 그는 호일운의 외침에 답도 없었다.

지금까지 보아 온 그답지 않은 모습이었다.

그의 눈은 사냥감을 노리는 매의 매서운 눈빛이라도 되는 듯, 침묵 안에서 고고히 빛나고 있을 뿐이었다.

"무언가 노리는 것이 있다는 건데……."

무언가가 있다. 대체 운마군은 호일운으로부터 무엇을 노리고 있는 것일까? 궁금증이 더해져 간다.

헌데 답은 의외로 다른 곳에서 나왔다.

"아직 녹군의 호일운이 어리다는 것이 문제네요……."

"무슨 말이지?"

"나이가 경지의 고하를 좌우하는 것은 아니지만……."

뒷말은 뻔했다. 나이가 경지의 고하를 말해주지는 않는다. 허나 시간이라는 것은 절대적이지 않은가.

무인치고는 나이가 어리다고도 할 수 있는 호일운이다. 그렇기에 녹군의 무공을 대성하지는 못했을 것이다.

'가진 바 재능은 낮지 않으니, 시간이 문제였던 것이겠지. 아쉬운데?'

호일운이 조금만 더 나이가 많았더라면? 자신이 손을 뻗칠 것도 없이 운마군을 물리칠 수 있었을지도 몰랐다.

허나 현실은 그것이 아니었다.

힘이 빠지는 것일까? 아니면 천독파공이라는 무공의 경지가 낮게 되면 어떤 결함이라도 있게 되는 것일까?

직접적인 대결을 피하는 운마군에 지친 것인지 호일운이 크게 외쳤다.

"막아보시오! 이것을 막아내면 내 패배를 인정하겠소이다!"

"훗…… 그럴 필요도 없을 걸세."

그럴 필요도 없다니?

"무슨!?"

그 순간이다.

푸아아아아악!

독연(毒煙)이었다!

운마군의 주위로 갑작스럽게 독연이 쏟아져 나오기 시작했다. 그리고 그것은 순식간에 왕정의 독구와 비슷한 형태를 만들어 내었다.

—허허…… 저 어린 아해가 생각 이상으로 높은 경지구나.

독존황의 말에 물어볼 틈도 없었다.

독연으로 이루어진 독구는 살아 있는 생물이라도 되는 듯 그대로 호일운에게 쏟아져 나아갔다.

아니, 모습이 변하였다.

"독구도 아니군……."

저것은 독구라기보다는 어떤 촉수들의 운집체에 가까웠다.

구의 형태에서 다시 여러 개의 줄기처럼 나누어진 독연은 호일운을 집어삼킬 듯이 여러 갈래로 공격을 하였다.

상하좌우를 따져서 무엇할까?

그것은 전방위를 노리는 입체적인 공격이었다. 어디든 독연이 그를 기다리고 있었다!

"독에 당할 쏘냐!"

과연 독을 지배하겠다 말하는, 녹군의 후계자다운 말이었다.

그는 천독파공으로 말미암아 독을 이겨내려는 듯 마지막의 기세를 쥐어 짜 내었다. 덕분인지 그의 기세는 처음의 그것과 다르지 않았다.

"어디 이겨내 보게나."

더 이상 뭔가 행동을 취할 필요는 없다는 듯, 운마군은 여유만만하였다.

"크으으……."

그와 반대로 호일운은 죽을상을 하고 있을 수밖에 없었다. 이차 시험과 맞먹고 있는 깊이의 독이었다.

'내상만 전부 치료를 해 내었어도…….'

그는 지금의 상황이 너무 아쉬웠다.

이차 시험에서 당했던 내상을 치유해 내었으면 결과가 조금 달라졌을 지도 모른다는 생각이었다.

하지만 이내 그는 자신의 생각에 되려 반박이라도 하는 듯 고개를 휘휘 저었다.

'……말도 안 되는 핑계지.'

무인이라면 어느 상황이든 생사결을 할 수 있기에 무인인 것이다.

작은 내상, 좋지 못한 상황, 오래 쌓인 피로. 그러한 것들은 무인에게 있어 패배의 핑계가 되지 못한다.

그러한 핑계는 삼류나 하는 것이지 않은가?

평소 자신을 그 누구보다 무인이라 자부하는 그이지 않은가. 그런 삼류와 같은 생각을 더 할 필요는 없었다.

다만 지금 자신이 해야 할 것은.

"크아아아아아!"

내상.

시험에 의한 피로.

시험이라는 것의 무게감. 그 모든 것들을 이겨내는 것이 중요했을 따름이다.

이겨내야만 했다. 이 대결에서 승리하여 저 야비한 웃음을 짓는 운마군에게 큰 한방을 선사하고 싶은 그였다.

하지만.

"크으윽."

결국 그는 운마군의 독을 이겨 내지 못하였다. 의지는 높이 살 그였으나, 현실의 그는 아직 부족하였다.

"끝이군."

운마군의 말대로였다.

그가 십 년만 더 수련을 했더라면, 이야기는 달랐을 수도 있었다. 하지만 현실은 그게 아니지 않는가.

"독막 운마군의 승리요!"

사혼방주가 외치듯, 호일운은 패배했다. 운마군의 승리로 삼차 시험 첫 대결이 끝이 났다.

第八章

암약. 시작. 성공적

길어야 세 번. 많은 수가 삼차 시험에 참여하는 것이 아니기에 대결은 세 번으로 끝일 예정이었다.

세 번이 이어질 시험에서 더 시간을 끌 필요는 없다고 여긴 것일까.

호일운과 운마군의 대결이 끝나자마자 사혼방은 두 번째 대결을 바로 이어 나가도록 하였다.

호일운과 같은 출신인 녹군의 대이문과 왕정의 대결을 진행시킨 것이다.

"그대와 붙기를 기대했소이다."

"……."

녹군의 사람답게 덩치가 큰 그다. 대이문(戴理問)은 일견하기에도 호기로운 사내였다.

운마군이 왕정을 바라볼 때의 눈빛과는 다르게 아무런 악의도 없는 그였다. 그는 삼차 시험에서 왕정과 벌이는 대결 그 자체를 즐기는 듯했다.

'그와 같군……'

대이문을 보고 있자니, 점창의 무인 하운성이 떠오르는 왕정이었다. 둘 모두 동향의 사람은 아니나 공통점이 있었다.

둘 모두 무인이었다.

'제대로 해야겠군.'

운마군이 아닌 녹군의 대이문은 신경 쓰지 않았던 왕정이다. 최악의 적이라 할 수 있는 자는 운마군이기에 그럴 법도 했다.

하지만 대이문을 마주하자 그러한 생각은 싸그리 사라졌다.

그를 마주한 채로 운마군을 신경 쓰는 것은 그에 대한 모독이었다. 어느 상황이든 무인은 제대로 상대해야 했다.

"가지요!"

"얼마든지!"

왕정과 대이문이 마주한다. 아니 부딪친다.

오늘 마주하기까지 서로 아무것도 모르는 사이였으나, 기세를 읽을 필요도, 신경전을 벌일 필요도 없었다.

무인끼리의 대결에 무엇이 필요하겠는가?

인연? 감정? 악연? 아니! 그 모든 것은 필요치 않았다. 대결에는 오직 하나만이 필요했다.

무(武)와 무(武)!

단순한 답이나 그것만한 것은 어디에도 없었다.

부우우우웅!

대이문의 굳건한 육체가 왕정을 향해 거침없이 부딪쳐 온다. 그 기세로 보아하니 중원의 어지간한 무인은 한 방에 때려눕힐 기세였다.

단순한 주먹질이 아니었다. 그만큼 그가 가진 한 번의 휘두름은 그 깊이가 있었다.

화아악!

왕정 또한 어느샌가 생성한 독구로 그에게 맞서 나아갔다. 독구만이 대이문을 향해 나아갔냐고?

그럴 리가!

이런 정면 대결을 피할 리가 없는 왕정이다. 오래도록 인정하기는 싫었으나, 그도 무인이지 않은가!

이런 대결을 피할 리가 없었다.

사냥꾼의 사냥 방식처럼 효율적으로만 상대를 상대할 필

요는 없었다. 때로는 계산이 아닌 몸과 몸이 가는 대로 붙을 필요도 있는 것이다.

"하아아아압!"

왕정이 기합과 함께 대이문의 주먹을 향해 정면으로 쏘아져나간다.

독구는 다만 거들고 있을 뿐이었다. 그와 그.

오래도록 수련한 무인 하나와, 오랜 시간이 걸려 무인임을 자각한 무인 하나가 부딪칠 따름이었다.

콰아아아아앙!

거대한 폭음을 시작으로 대결의 막을 올리는 둘이었다.

혹자들은 호일운과 운마군 둘의 대결보다도 치열했다고도 말하는, 독공과 녹군의 무공 대결이 아닌 진정한 무인끼리의 대결이라 불리는 대결의 시작이었다.

*　　　*　　　*

"진짜군……."

"그래. 확실히……."

둘의 대결은 궤적을 남겼다고 해도 무방했다.

호일운과 운마군의 대결은 독곡의 사람들로서도 귀한 대결이기는 했다. 두 고수의 대결은 분명 보기 힘든 대결은 맞

앉다.

하지만 대이운과 왕정의 대결은 뭔가 달랐다.

왕정의 경지가 높아서도, 대이운이 거대한 덩치를 가져서도 아니었다. 외적인 모습은 전혀 상관없는 대결이었다.

둘의 대결에는 사내와 사내, 무인과 무인으로서의 뭔가가 있었다.

무인으로서는 바라보는 것만으로도 가슴이 뛰게 하는 그 뭔가가 둘의 대결에는 있었다.

그러니 둘의 대결이 궤적을 남겼다고 밖에 할 수 없었다. 평화롭다면 평화로운 독곡의 사람들의 가슴어림에 무언가가 가득 찼다.

왕정에 대한 호기심? 예상외로 선전했던 대이운에 대한 존중? 그러한 마음 같은 게 아니었다.

굳이 표현을 하자면, 단 두 글자로 표현이 되리라.

경외(敬畏).

대이운과 왕정의 대결에 사람들은 경외를 가졌다. 아니, 그 이상의 뭔가를 가졌다고밖에는 말할 수 없으리라.

그러한 대결을 펼친 왕정은 한 번의 좋은 노님을 즐기기라도 한 듯, 시원하다는 표정을 하고 있었다.

"확실히…… 무인끼리의 대련이라는 건 묘하긴 하군요."

—이제 알았느냐? 허허.

"그동안은 대련이라기보다는…… 대결이었지요."

대결과 대련은 다르다.

대련을 벌이기에는 여유도, 기회도 거의 없다고 할 수 있는 왕정이 아니었던가.

정우와의 대련이야 왕정이 원한 것이라기보다는 정우의 강제성이 있었다는 것을 생각하면 진정한 대련이라 보기 힘들었다.

제대로 된 대결을 찾아보자면, 비록 생사를 놓고 한 대련이기는 하였으나 점창의 하운성과의 대결 정도랄까?

—그것이야 그동안 네가 무인답게 행동하지 않아서 그런 것 아니겠느냐?

"그것도 분명 이유긴 하지요. 하지만요."

왕정 자신이 무인이라 인정하기까지 시간이 걸린 것도 문제였긴 하나, 따지고 보면 다른 이유가 더 컸다.

"기회가 문제였죠. 기회가…… 무인으로서 맛을 들이기도 전에 공적부터 된 꼴이라니까요. 하하."

—그렇기도 하구나. 흐음…… 너무 늦은 감이 있기는 하지. 그래도 오늘의 대결은 확실히 만족스러워하니 좋구나.

"하하. 그 대결이 만족스럽지 않으면 그게 더 이상한 것이겠지요. 어쨌든…… 묘하네요."

보람참과는 다른 그 어떤 감정이 왕정을 휩싸고 있었다.

묘하다고 밖에는 달리 할 말이 없는 감정이기도 했다.

얼마나 이 감정을 음미했을까? 왕정에게 익숙하기만 한 기척이 밖에서 느껴져 왔다.

"수고하셨어요."

운민이다. 그녀의 눈빛에는 왕정에 대한 축하가 진정으로 담겨 있었다. 문제는 눈빛이 아닌 약간의 태도다.

'전부터 묘하게 날 조심스레 대한단 말이지. 마치……'

지아비를 대하는 것처럼.

헛생각을 해 보아야 남는 것은 없었다. 왕정은 자신이 한 생각을 괜한 것이라고 여겼기에 작게 고개를 휘휘 저었다.

의심이 드는 것이 있다면, 이럴 때는 직접 묻는 것이 나을 터였다.

"고마워. 그런데 무슨 고민이라도 있는 거야?"

"예? 아, 아뇨……"

이러면 의심이 되려 더욱 커지지 않는가. 대체 무엇 때문에 이렇게 어색해하는지 모를 왕정이었다.

—쯧. 묘하게 둔한 녀석.

왕정이 모를 무언가를 눈치챈 독존황의 마지막 말만이 작게 읊조려질 뿐이었다.

*   *   *

반 시진 정도 왕정의 처소에 머물면서 대화를 했던 그녀.

독존황이 있으니 둘만의 대화라기에는 무리가 많지만 그것만으로도 충분하다는 생각을 하는 운민이었다.

아니, 충분하지는 않은 것 같았다. 왕정과 함께하면 충족감이 차오르는 동시에 묘한 아쉬움이 항상 공존했으니까.

꽃이 피어오르는 것처럼, 조금씩 미모를 개화해 나아가는 그녀가 조금은 뾰로통한 표정으로 물었다.

"한노. 역시 무리하는 게 아닐까?"

"무리라니요? 허허."

한노는 여전했다. 운민이 닦달을 하는 것조차도 그로서는 귀엽게만 보이는 듯했다. 그다웠다.

"아니…… 괜히 무리 하는 거 아닐지…… 그…… 시험이 잘될지도 모르고……."

시험의 이후.

둘의 계획대로라면 그때 모종(?)의 일이 벌어질 예정이다. 아무리 왕정이 독공의 고수라지만 그 마수(?)는 피하지 못할 터다.

독곡의 전통이 깃들어 있는 행사이니 말이다. 일을 벌이는 데는 문제가 없다. 문제는……

"걱정이 되십니까?"

"응. 만약에 그 일 뒤에 나를 싫어하시게 되면 어쩌지?"

싫어하게 된다라? 그럴 리가 있을까? 한노는 절대 그렇지 않을 것이라 생각하고 있었다.

"허허…… 많이 고민하셨군요. 그럴 리가 있겠습니까?"

"칫. 한 노야는 매일 말만 번지르르 하다니까? 정말로 그럴 수도 있는 거지!"

괜히 투정을 부려보는 그녀다. 하지만 그래서야 무슨 소용이 있겠는가. 누가 뭐래도 그는 그녀의 편이지 않은가.

떼를 쓴다 해서 그녀를 고깝게 볼 한 노야는 아니지만 괜히 성가시게 할 필요는 없었다. 화제를 돌릴 필요성을 느낀 그녀다.

"그나저나 사조님이 시키신 일이 있다고 하지 않았어?"

"아아…… 시키신 일이라면 분명 있었습지요."

이차 시험 종료 후. 왕정은 한 노야를 불러 모종의 일을 시켰었다. 여기까지는 운민도 아는 사실인 터.

다만 문제는 그 내용을 문주인 운민으로서도 알 수 없다는 것이다.

"뭐야?"

"흐음……."

뜸을 들이는 한 노야다. 이야기를 해도 되는 것인지 고민을 하는 듯하다. 하지만 역시.

"죄송하지만 그 일은 해결이 될 때까지는 말씀드리기 어려울 듯싶습니다."

"나도 전체를 다 알려는 것은 아니라고. 하지만 문주로서 어느 정도는 알아야 하지 않아?"

문주로서의 물음이라.

문주는 문파의 중심과도 같은 터. 그런 이유라면 그녀가 알아야 하는 것도 당연한 것일지도 모른다. 하지만.

'허허…… 일의 경중이 너무 크니 문제로고…….'

그녀를 무시하는 것은 아니나 한 노야가 생각하기에는 일의 경중이 너무 무거운 쪽이었다.

잘못 그녀에게 밝혔다가는 괜히 문제만 더 커질 수 있을 터다. 다만 운민의 눈치를 보아하니 모두를 숨길 수는 없었다.

'약간은 말씀드려도 괜찮겠지. 그래…… 그 정도는…….'

다는 아니되 일부만 말을 하자. 그 정도라면 운민도 알아줄 것이다.

"잘하면…… 독곡의 전체가 크게 흔들릴 수도 있는 일입니다. 사실은……."

일부.

아주 일부만으로도 운민의 눈이 크게 뜨여진다. 시험의 바로 전. 묘한 일들로 독곡이 달아올라 가고 있었다.

*   *   *

마천루의 여인이 재미가 있다는 듯, 자신에게 보고를 올리는 수하를 바라보고 있었다.

아름다운 여인의 모습에 욕정이 끓어오를 법도 하건만, 보고를 올리는 자는 두려움에 가득 차 있을 뿐이었다.

아름다운 꽃 속에 숨겨진 날카로운 가시를 알고 있기 때문이리라.

그녀에게 잘못 손을 대었다가는 죽는다. 각혈을 하며 실려 나갈지도 모를 일이다. 이곳에서 일하는 모두가 알고 있는 사실이었다.

해서 그 누구보다 정중히 보고를 올리었다.

"……해서 북경에도 여러 조사를 하고 있는 듯합니다. 아무래도……."

"호호. 정파와 사파 모두로군요. 일이 꼬였군요."

웃고는 있으나 그 속내까지 기쁨으로 가득 차 있을지는 모를 일이다.

아니, 그녀가 웃음은 언제나 그러하듯 죽음도 함께 찾아온다. 기쁨일 리가 없었다.

'사파의 일에 정파도 나선다라…… 너무 복잡한 시국에 나

선 걸까나?'

그녀의 내심이 복잡하게 돌아간다. 미모만큼이나 뛰어난 지모(智謀)로 상황을 계산하는 것이리라.

"적당히 휘두르는 것도 좋겠군요."

"휘두르는 것이라 하심은……."

"그들도 이제는 슬슬 나설 때가 되지 않았습니까?"

그들이라.

누구를 지칭할 지는 그와 그녀 모두가 알았다. 조심스레 진행해 왔던 일들이 성과를 보이고 있었다.

열매를 맺게 하기 위해 고생을 하였으니, 이제는 슬슬 수확을 해야 할 때가 아닌가.

그것이 그들의 주군이 원하는 바이자 자신들의 목적인 터.

목적을 위해서라면 수단과 방법을 가리지 않음은 그들에게 당연한 일이니, 망설일 따위가 있을 리가 없었다.

"바로 시행하도록 하겠습니다. 안 그래도 슬슬 몸이 근질거린다는 그들이었습니다."

"호홋. 좋네요. 동시에 '그것'도 알고 계시겠지요?"

"예. 후후. 부딪치고 또 부딪치고 종래에는…… 좋은 비료가 되어줄 터입니다."

사특하기만 한 미소다. 여인도 보통은 넘어섰으나 보고를 올리는 수하도 정상은 아닌 듯하였다.

하기야 미치지 않고서야 이런 미친 곳에서 움직이고 있을 리가 없지 않은가. 이곳에 정상인이 있을 리가 없었다.

환락. 쾌락. 광기. 그 모든 것이 점철된 곳이 이곳 북경의 마천루다.

"주군께는 제가 보고를 올리겠사와요."

"예!"

그들만의 암호로 만들어진 암구호로 전서가 쓰인다. 요부 같은 그녀지만 전서를 작성할 때만은 누구보다 진지하며 경건했다.

암어(暗語)를 알지 못하고서야 해석을 하지는 못할 터다. 굳이 해석을 하자면,

　　암약. 시작. 성공적.

정도일까?

묘한 —짧고 우스운— 문구를 가진 전서구 하나가 북경의 하늘을 가로지른다.

수도이니 만치 하루에도 수십, 수백씩은 날아오르는 전서구였다. 이상할 것은 그 어디에도 없을지 몰랐다.

아니, 없을 줄 알았다. 하지만 전서구가 날아오르는 마천루를 끊임없이 바라보는 자들도 분명 있었다.

"날았다. 내용은 무엇인지 파악이 되겠는가?"

개방의 사결제자 오한석이 다른 개방 제자들에게 묻는다.

"아직 해석을 해내지는 못했다고 합니다. 하지만…… 이 정도면 충분하지 않습니까?"

"충분하다라?"

"암어를 담은 전서구. 홀린 듯 오고가는 관리. 무인. 의심 요소들은 충분합니다."

"그럴지도 모르지. 하지만……."

마천루가 의심스러운 것은 사실이다.

아니, 의심스러울 수밖에 없었다. 왜 여지껏 저곳을 의심스레 바라보지 않았나 의심이 될 정도다.

'……뻔했지. 인심은 좋았으니까.'

다른 지역이라면 저런 거대 기루는 없을지도 몰랐다. 하지만 제국의 수도 북경이지 않은가.

수도에 저런 마천루와 같은 기루는 쌔고 쌨다.

게다가 저곳은 평소 개방의 거지들에게도 풍족하리만치 많은 인심을 보였던 곳이다. 동냥질이 쉬이 됐다는 소리다.

그런 곳이기에 방심을 했을지도 몰랐다. 북경에 조사할 것들이 많다는 핑계로, 감시를 게을리 하고 있었던 것일지도 모른다.

상대도 그것을 노렸을지 몰랐다. 아니 노렸겠지. 생각해 보면 그간의 행적이 의심스러운 것 천지였다.

이제는 인정할 수밖에 없다 생각하는 그였다. 허나, 그들은 정파이지 않은가.

"조사는 아직이다. 확실한 증거가 잡혀야 한다."

"상황이 명백하지 않습니까?"

심증은 있다. 정황도 확실해 보였다.

하지만 만에 하나라는 것이 있다. 잘못 조사를 했다가는 애꿎은 피해자를 만드는 것일 수도 있었다.

의심만으로 움직일 수만은 없었다. 정파라 말하는 개방의 일원이기에 더더욱!

"……우리는 개방이다."

"알겠습니다."

그의 말 한 마디면 충분하였다.

의를 행하라.

그 한 마디로 모인 개방이지 않은가. 누군가는 거지 모임의 허울 좋은 말이라 말하지만, 적어도 그는 아니었다.

비록 정파라 말하는 이들 중 썩은 이들이 태반이라 하나, 아직까지 희망을 버리지 않은 그였다.

그런 그들이 다수가 있는 곳이 개방이었다. 그렇기에 개방은 상황적으로 의심을 할 법하나, 나서지는 않았다.

그런 그들을 다시 바라보는 자들이 있었다.

"킥…… 멍청하기는……."

그들은 허름한 옷을 입었으나 눈빛만은 정명함으로 가득 차 있는 개방의 무인들과는 다른 분위기를 가진 자들이었다.

얼핏 보면 부잣집 도련님과도 같은 그들은 화려함 일색인 가운데에서, 사특함이 어린 눈을 가지고 있었다.

놀랍게도 마천루의 여인과는 또 다른 분위기의 사특함이다.

정파가 말하는 정의에도 깊이와 종류가 여럿 있듯 사특함에도 깊이가 달리 있는 듯했다.

덕분인지 그들 주변의 사람들은 그들의 화려함에도 불구하고 묘하게 피하는 기색이 역력했다.

화려함으로 숨기기는 하였으나 본능적으로 사특함을 느끼고 있는 것일 게다.

기생오라비라는 말이 어울리는 매끈한 얼굴을 가진 자가 킥킥 댄다. 그를 바라보던 다른 이가 묻는다.

"무어라 하더냐?"

그는 의외로 평범해 보이는 인상이었다. 다만 사특한 눈빛이 그 인상을 죽이는 것은 그도 어쩔 수가 없었을 게다.

가만히 개방 무인들의 말을 지청술로 듣고 있던 기생오라비 같은 자가 답을 했다.

"정파의 특기가 있잖소? 상황은 뻔한데…… 더 조사를 해야겠다는구려?"

가만히 상황을 지켜보던 다른 이가 대화에 끼어든다. 잘생긴 얼굴 가운데 매부리코가 흠인 자였다.

"흐흐. 안 들어도 뻔하군. 증거가 더 필요하다는 것이겠지. 정파는 이래서 안 된다니까?"

"소재가 잘 아는구만? 그렇다고 하네? 답답한 것들."

"답답함이 그들의 특기이지 않은가. 변하지도 않는 것들이라니까. 아주 재밌어."

그들이 생각하기에 정파는 이래서 안 되었다.

정황이 뒷받침되면 일단 쳐들어가고 보면 되지 않은가. 증거는 수단만 뒷받침되면 그 뒤에 모아도 충분했다.

그 수단이 폭력이든 살인이든 신경을 쓰는 자는 이곳에 모인 자중 단 하나도 없었다.

"자아, 정파의 고매한 분들이 조사를 제대로 해 준 듯한데…… 어떻게 해야 한다 생각하나?"

사특한 눈의 물음에 매부리코 사내가 답한다.

"흐흐. 뻔하잖소이까? 만들러 가야지?"

"오랜만에 즐기기도 하고?"

저 천박하기만 한 손짓을 보라. 게다가 즐긴다라니. 그들의 눈이 더욱 사특하게 빛이 난다.

하기사 그들이 가는 곳은 기방이지 않은가.

이들은 척 봐도 사파 무사다. 게다가 증거를 모은다는 핑계거리도 있으니, 그들을 얽어맬 족쇄 따위는 그 어디에도 없었다.

"가지. 증거를 모아야 하지 않겠는가."

"겸사, 겸사 허리도 풀고 말이지."

그들이 몸을 일으킨다. 그들이 가는 방향은 그들의 숙소였다.

아무리 그들이라고 하더라도 한낮에는 일을 벌일 수 없으니, 밤이 될 때까지 몸을 쉬려 하는 것이리라.

헌데 그런 그들을 몰래 쫓는 자들이 또 따로 있었으니.

"가자."

"명."

향기로운 꽃이 가득한 마천루 가운데에서 일을 벌이고, 지켜보며, 쫓고 쫓기는 자들이 복잡스레 얽혀 있었다.

第九章

기묘한 동거

"왠지 길었던 것 같군요."

왕정이 독곡에 존재를 드러내기 시작한 기간은 그리 길지 않았다. 기껏해야 일 년도 되지 않는 시간이다.

허나 기간이 중요한 것이 아니었다. 그 짧은 기간 동안 드러낸 존재감이 중요했다.

그사이 그는 연독기공을 전함으로써 일독지문의 새로운 기틀을 다졌으며, 문주 운민의 경지를 올려주었다.

독막과는 여러 악연으로 묶였었다. 독막 무사를 상대해야 했고, 해독을 해야 했으며, 여러 신경전을 벌여야 했다.

짧은 시간 안에 그런 여러 일을 전부 해 내었으니 그 존재감이 작을 수가 있겠는가.

게다가 이차 시험의 대미를 장식하던 대이문과의 대련은 독막의 사람들에게 있어 쐐기를 박았다 할 수 있었다.

이미 독곡 내부에서의 왕정은 유명 인사를 넘어, 그 이상의 인상을 심은 지 오래인 왕정인 것이다.

해석하기에 따라 운마군 이상의 위명을 가지게 되었다고도 볼 수 있는 터.

인정하기는 싫으나 운마군도 바보는 아니었다. 모를 수가 없었다.

"길었다라…… 꽤나 버티기 힘든 시간이었나 보군?"

그러니 자연스레 답은 고깝게 나올 수밖에.

"덕분에 말입니다. 하기사, 말이 더 길 필요가 있습니까?"

운마군이 무인의 정신을 가졌다고는 생각하지 않는다. 허나 정신이 아닌 실력은 진짜배기가 아닌가.

지난 시간 동안 독존황이 손수 무공을 가르치고, 갈고 닦아주지 않았더라면, 밀렸을지도 모른다.

허나 지금은 아니다. 왕정이 기수식을 취하고 달려드려는 그 순간.

푸악!

"입으로 싸우는 것도 질렸지."

예의 호일운과의 대결에서 사용하였던 독연이 운마군이
어느샌가 띄워놓았던 독륜을 중심으로 뿜어져 나온다.

호일운과의 대결에서 사용했던 방식과는 또 다른 방식이
다.

'바로 가자는 건가.'

속전속결(速戰速決)을 노리고 있음이라!

—어리석은!

독존황의 말대로다. 애시당초 독연을 뿜어낸 것부터가
그로서는 좋지 못한 패착이었을지도 모른다.

쓰으으으!

연독기공은 만독의 조종자(祖宗子)다. 아무리 강한 독이
라 하더라도 연독기공의 아래에 있는 것이다.

왕정은 독륜에서 뿜어져 나오는 독을 자신의 것이라도
되는 양 다루기 시작했다.

운마군의 독을 모으고 또 모으는 독이다.

'이상스럽게 쉬운데?'

무공, 초식이라는 것은 '의지'가 깃들어 있는 법. 헌데
이상스럽게도 독이 쉽게 모여들고 있었다.

이건 너무 쉬웠다. 무엇을 노리는 것일까?

왕정의 생각이 이어져 나갈 때쯤, 독존황의 외침이 들려
왔다.

─그만! 어서 독을 풀어내라.

무언가 이유가 있을 것이다. 그렇기에 왕정은 자신의 주위로 끌어 모았던 독연을 다시금 흩어내려 했다.

몸으로 흡수하였던 일부는 다시 배출을 하려고 했던 터!

"어딜!"

운마군은 그 틈을 노리고 있었던 것인가? 그가 짧게 외치며 크게 기세를 모으기 시작한다.

아니, 기세가 아니었다. 그는 모든 것을 내보이기라도 하려는 듯 기를 거대하게 끌어 모으기 시작했다.

고오오오오오!

그의 기가 배출되는 것을 넘어, 뿌연 아지랑이를 만들어내었다. 그 또한 강기지경의 경지에 이른 증거였다.

그때다.

"크으……."

기세 좋던 왕정이 고통에 찬 신음을 내뱉었다. 이차 시험의 강력한 독을 이겨내던 그라고는 생각지 못할 신음이다.

어느샌가 그의 피부색은 독연의 그것과 다름이 없었다.

"아, 안 돼!"

멀리서 바라보던 운민조차도 격정에 차 외칠 만큼 왕정의 상태는 그리 좋지 않아 보였다.

독공을 모르는 누군가가 보아도 분명 정상적인 상황이
아니었다.

'미친……'

─독막 또한 발전은 하고 있었던 것인가.

독존황의 허무하기도 한 읊조림이었다.

일독지문은 독을 흡수하며, 만독을 조종한다. 독막은 같
으면서 다르다. 독막은 독을 응용하는 것에 중점을 뒀다.

지금의 상황은.

'응용의 극한인가……'

독을 응용하였다. 독을 자신의 수족인양 다루는 왕정과
는 다르게, 여러 혼합독을 섞어 응용을 해낸 듯하다.

단순히 독성이 강한 것이 아니었다. 운마군으로부터 왕
정의 몸에 흡수된 독은 그 이상의 무언가가 있었다.

'양은 소량…… 독성도 보통…… 그런데 대체 왜……'

하지만 이상하게도 왕정의 드높은 저항력이 전혀 소용이
없었다. 말도 안 되는 상황이었다.

독공으로 높은 경지에 이른 왕정이 아닌가. 그런 그가 독
에 중독된다고 하면 믿는 사람이 중원 천지에 몇이나 되겠
는가.

그것도 독성도 약한 독에!

여유로운 웃음을 짓는 운마군은 이미 끝이 났다는 듯한 태도였다. 왕정으로서는 벗어날 방법이 없다 여기는 듯했다.

허나 그도 왕정을 중독시키기 위해서는 운공을 계속 유지해야 하는 것인 듯했다.

독에 중독되어 있는 왕정에게 단 한 수만 먹이면 될 터인데, 그도 움직이지는 않고 있었다.

무인끼리의 대련답지 않게 대치만으로 진행되고 있는 상태가 계속해서 유지되었다.

"……."

중원에서였다면 둘의 대련을 보며 야유가 쏟아졌을지도 몰랐다.

허나 이곳은 독곡이지 않은가. 독에 관한 이해도가 가장 높은 곳이 독곡이니만치, 야유는 없었다.

대신에 운마군이 독공을 사용하는 방식에 대한 약간의 경외가 어린 눈빛으로 둘을 바라보고 있을 뿐이었다.

관중들의 집중 이상으로 왕정 또한 집중을 하고 있었다.

독이 강한 것도 아님에도 전혀 새로운 방식으로 중독이 되었다. 이런 경우는 처음이지 않은가.

'어떻게 한다.'

생각지도 못한 독을 몰아내야만 했다.

—……

독존황 또한 무언가에 집중을 하는 듯 달리 말을 하지는 않고 있었다.

아니, 정확히 그로서는 고민에 빠져 있었다.

— '풀어 줄 수는 있다. 내가 나선다면 분명 가능은 할 게다.'

만독의 조종자라 자처하는 독존황이지 않은가. 게다가 짧은 시간이지만 왕정의 몸을 직접 조종할 수 있는 그다.

그가 나선다면 분명 왕정과 같이 어려움에 처하지 않을지도 몰랐다.

아니, 굳이 그가 나설 필요도 없었다. 잘 설명만 해 준다면 이 위기를 해결해 낼지도 몰랐다.

지금 운마군이 사용하는 방식은 비록 생전에 자신이 상대하던 방식보다 발전을 했다지만 그쯤은 상관이 없었다.

자신의 친우와 같았던 독막의 그 녀석이 쓰는 방식과 닮지 않았던가. 아무리 그 방식이 발전했다고 하더라도 잊을 수가 없었다.

모든 길은 하나로 통하듯, 자신이 생전에 사용했던 파훼법을 사용하면 될 터다.

— '중요한 것은 방식보다는 의지. 또한 연독기공에 응

용…….'

왕정이 조금만 더 연독 기공의 경지가 높았더라면 쉬이 가능했을 파훼다. 허나 그는 아직 십성에 이르지 못하였지 않은가.

쉽게 될 리가 없었다.

어떻게 해야 하는가?

도와줘야 하는가?

일이 생길 때마다 돕는다면…… 그것은 왕정을 진정한 무인으로 대우하는 것일까?

하지만 자신은 가족이지 않은가? 피가 이어져 있지 않더라도 가족이라 생각하지 않는가. 진심으로.

―……

속으로 깊은 한숨이 흘러나오는 독존황이었다. 무인으로서의 왕정, 가족으로서의 왕정 사이에서의 고민이다.

지금 이 순간 왕정이 파훼법을 묻는다면 자신도 모르게 알려 줄지도 모를 일이다.

허나 왕정은 그런 쉬운 길을 택하지는 않았다.

'언제고…… 도움만 받을 수는 없지 않은가. 특히나 이

런 대결에서!'

다른 이도 아닌 운마군과의 대결이다. 얼마 되지는 않았으나, 자신과 문연(門緣)이 이어진 아이다.

태사조 되는 자로서, 아니 그저 인연이 닿은 자로서라도 자신의 손으로 이겨 내고 싶은 왕정이었다.

'만독을 조종하는 것이 연독기공이라 하셨으니……..'

연독기공으로 조종하지 못하는 독은 없을 것이다.

독막의 독공에 밀릴 것이었다면 일독지문이 독막 최고의 문파가 되지도 못했을 것이다. 그러니 답은 연독기공에 있었다.

그렇다면 경지가 올라야 하는가?

'경지가 오르면 분명 쉽게는 해결을 할 수 있었을 것이다.'

그러나 경지가 쉬이 올라가는 것은 아니잖는가. 그것이 쉬웠더라면 누구나 무공을 대성했을 것이다.

그렇다면 초식인가? 아니. 연독기공에는 초식이라 할 만한 것이 그리 많지는 않았다.

강기를 다루는 것이 초식이라면 초식이겠으나 이런 때에 사용하는 것은 없다. 초식도 아니었다.

응용력? 지금까지의 자신을 있게 한 응용력이라면 가능하겠는가? 아니다. 응용을 할 거리도 없었다.

경지도 아니다. 초식도 아니다. 끝까지 믿고 있던 응용도 아니다. 그렇다면?

'그럼 남은 게 뭐지?'

단 하나. 하나가 있다. 지금껏 그를 살아 있게끔 만들었 던 것. 초식도 경지도 아닌 모호한 개념의 것이지만 없지는 않았다.

'의지…….'

이 얼마나 유치한 말이더냐. 때로는 혹자들에게 무시받 기도 하는 단어이지 않은가. 왕정이 중독되어 죽기 전에 미 치기라도 한 것인가?

하기야 독공을 익힌 그가 중독되어 죽었다면 그것만 한 희극이자 비극도 없을 것이다.

그는 다시 자신에게 물었다. 의지. 과연 의지가 답이 되 겠는가?

'그렇다!'

살고자 하는 의지. 지금을 벗어나고자 하는 의지. 위로 올라가고자 하는 의지. 버텨내겠다는 의지.

그것 하나만으로 여기까지 오지 않았던가. 강기, 응용, 권법, 사냥법. 그 모든 것들은 결국 의지를 위한 도구인 터.

경지가 오르고자 하는 것도 아니다.

다만 살아남겠다는 의지. 그 하나로 나아간다.

우뚝!

중독의 고통에 자신도 모르게 굽혀졌던 허리를 편다. 그 작은 행위로도 고통스러운 듯 그의 온몸이 땀에 절었다.

"크으으으……."

한 걸음.

아니 반보.

앞으로 나아간다는 것.

그 하나를 위해서 모든 의지를 싣는다. 비록 이 행위가 독을 이겨내는 행위가 아닐지라도!

독을 이겨낸다 하는 의지의 표출로서는 한 점의 부족함이 없었다. 중요한 것은 한 보 앞으로 나아간다는 것에 있었다.

그것이 왕정으로서 독을 이겨내고 나아가겠다는 의지의 표출이었으니까!

"무, 무슨…… 흐으……."

자신의 계산대로라면 왕정은 그대로 무릎을 꿇어야 할 터. 그런데 놈이 움직이려 하고 있었다.

아니 굽혀졌던 허리를 곧게 폈다.

어찌 그게 가능하단 말인가? 자신의 독에 대한 모든 응용이 담겼다 할 수 있는 완성된 독을 상대로!

마지막 발악인가? 자신이 그걸 허용할 리가 없잖은가!

"······흐읍!"

그가 모든 것을 쥐어짜내듯 몸 안에 있던, 독륜에 가득 차 있던 독들을 전부 뽑아낸다. 왕정의 변화를 막기 위해서!

불안감 때문이다.

무언가, 아주 작은 변화, 한 걸음이지만 그 한 걸음이 있게 되면 승세를 점치고 있는 자신의 뭔가가 무너져 내릴 듯했다.

고작해야 한 걸음 때문에 지금껏 쌓아 온 승세가 무너져 내린다는 것.

이성적으로는 말도 안 된다. 하지만 감이 말한다. 잊힌 지 오래인 무인으로서의 정신이 말한다.

'위험하다.'

위험 신호다. 어떻게든 놈을 어서 무너트려야 했다. 방법이 있는가? 어떤 방법이 있겠는가?

지금까지 자신의 방법이 소용이 없었던 것인가.

당황하기 시작한 운마군의 기가 어지러이 흐른다.

'이것은 의지이자 기세의 싸움이다.'

초식도, 응용도, 그 무엇도 아닌 의지. 그것만을 믿고 한 걸음 내디디려 하는 자신이 아닌가.

둘 모두 강기를 다루는 고수들인 주제에, 아주 단순하리만치 우직한 싸움을 하고 있지 않은가. 그렇기에 한 걸음 내디뎌야 했다.

저 빌어먹을 운마군의 면상에 한방 내리꽂아보기 위해서라도 몸을 움직여야 했다.

독을 이겨내야 했다. 의지라는 것 하나. 남들이 비웃기도 하는 그것 하나만을 믿고 나아가야 했다.

순간이다!

'흔들렸다. 분명 흔들렸어.'

자신의 변화에 밀린 것인가. 의지가 통한 것인가. 아니면 다른 방법을 사용하려 하는 것인가.

어느 쪽이든 상관은 없었다. 변화가 있었다는 게 중요하다. 아니 운마군에게 흔들림이 있었다는 것이 중요했다.

놈은 분명 흔들렸다! 기세가 달라졌다. 조금이나마 기가 흐트러졌다.

'이거다!'

아주 작은 틈. 찰나의 순간. 잠시간이지만 떨어진 그의 응용력. 약해진 독성!

그 틈을 왕정은 절대 놓치지 않았다.

지금 이 순간을 기다리기 위해서 모든 의지를 발휘한 듯 연독기공의 독을 순식간에 휘돌리기 시작했다.

온몸이 독이라고도 할 수 있는 그의 몸. 그리고 그 안에서 그의 조종을 받는 연독기공의 기운이 크게 휘몰아친다.

지금까지의 중독은 아무것도 아닌 듯, 크고 거대한 기운이 그로부터 일어나고 있었다.

경지가 올라간 것도, 응용을 해낸 것도 아니다. 오직 의지만으로 지금의 상황을 만들어 내었으니!

끝까지 자신의 방식을 믿지 못한 운마군. 마지막의 순간, 당황스러울 수도 있는 생사의 갈림길에서도 나아가려 하는 왕정.

둘의 정신의 차이가 승패를 가르기 시작했다.

콰아아앙!

온몸에 기를 휘돌리는 채로 왕정이 한 걸음 내딛는다. 대련장이 무너질 듯 크게 폭음이 터진다.

그의 기 덕분이리라.

콰앙!

다시 한 걸음.

당황해하며 독륜을 조종하기 시작하는 운마군을 향해서 몸을 움직인다.

콰앙! 콰앙! 콰아아앙!

촌각이다! 왕정이 그를 향해서 달려 나가는 데는 많은 시간이 필요로 하지 않았다.

슈우우우욱. 슈욱.

뒤늦게서야 움직이기 시작한 독륜이 왕정을 향해서 쏘아져 나온다. 과연! 이쯤 되면 왕정도 잠시 물러날 수밖에 없었다.

문주 운마군이 조종하는 독륜답게 보통을 넘어서는 움직임이었다. 척보아도 강기가 내포된 것이 왕정의 독구와 마주할 만했다.

'막는다.'

독륜이 다가옴에도 왕정은 한 점의 물러섬이 없었다. 아니 물러설 필요가 없었다.

쯔아아아—

독륜과 독구가 부딪친다. 왕정과 운마군의 모든 것이라 할 수 있는 강기들의 부딪침이다.

다시금 의지 대 의지로서의 대결을 벌이려는 듯 둘의 움직임에는 한 점의 물러섬도 없었다.

독륜이 왕정을 노리면, 독구가 독륜을 막는다.

독구가 독륜을 막으면, 어느샌가 촉수들 같은 독 줄기를 내뿜은 독륜이 독구의 사이로 왕정을 노리고 온다.

기이하기만 한 대결이 끊임없이 이어지려는 찰나.

'지금!'

틈을 노리고 있던 왕정의 몸이 다시금 쏘아져 나간다. 아까와 같은 폭음도, 기폭도 필요가 없었다.

다만 지금 필요한 것은 하나다. 저 빌어먹을 면상에 한 방 먹일 만한 주먹!

퍼어어어억!

동네 촌구석의 파락호나 던질 만한 주먹 한방이 운마군의 얼굴에 작렬한다. 초식도 무엇도 없었다.

다만 기가 실린 한 방이었을 뿐이다. 강기를 일으켜, 몸을 보호하는 운마군에게는 전혀 타격이 없을 수도 있었던 한 방이다.

분명 틈을 노린 것치고는 약했을지도 모를 한 방이다.

"무, 무슨……."

허나 그 작은 한 방이, 약하기만 할 수 있는 한 방이 운마군의 당황을 낳았다.

'이 무슨 말도 안 되는 짓거리라는 말인가.'

차라리 독륜과 독구의 싸움이었다면 이해를 했을 것이다. 순수한 독의 대결이었다면 그거대로 이해를 했을 것이다.

헌데 파락호나 날릴 법한 주먹 한방이라니!

그리고 그것을 허락한 자신이라니! 이 얼마나 촌극인가. 말도 안 되는 상황이다.

그의 당황은 전혀 생각지도 않는 듯 왕적은 묵직하니 다시 한 방을 날리었다.

퍽. 퍼어어억. 퍽!

육신으로 부딪쳐보아야 강기로 보호하고 있는 자신에게 타격이 가해질 리가 없지 않은가.

전혀 쓸데없는 것들로 여러 번 노려보아야, 주먹은 주먹일 뿐이다. 한낱 파락호 같은 한 수로 무너지기에는 자신의 지난 시간이 아까울 정도다!

"우습지도 않은!"

차라리 지금이 기회다. 이렇게 가까웠을 때, 자신에게 주먹을 날리느라 왕정이 정신이 없을 때.

그때라면 독륜으로 뒤를 노려도 되지 않겠는가?

이제는 자신이 한방을 먹일 때다. 기를 끌어 모아야 했다. 그리고,

"허엇!"

어째서인가?

터어엉. 터엉.

어째서 자신의 의지 하에 움직이던 독륜들이 땅에 떨어진 것인가. 왜 자신의 기는 움직이지 않는 것인가.

'기가…… 굳었다?'

아니?

후오오오오!

무언가 휘몰아쳐 오듯 자신의 내부에서부터 무언가가 끓어오르고 있었다.

"크읍……."

푸학.

순식간에 내상을 입은 듯, 크게 피를 토해 내는 운마군이다. 다행히 내장의 조각은 없었으나, 타격이 보통일리 없었다.

"끝이군요."

"대, 대체……."

"돌려 드린 것뿐입니다."

다시 돌려주었다니. 이 무슨 말도 안 되는 소리인가. 아니다. 이제는 이해가 갔다.

아아. 그런 것인가? 자신이 사용했던 독을 어느새 조종을 한 것인가? 그 짧은 사이에?

'말도 안 되는!'

무언가 편법을 동원했음이 분명했다. 그렇지 않고서야 이런 일이 가능할 리가 없었다. 반박을 해야 했다.

이 말도 안 되는 대결을 다시 번복시켜야 했다.

그가 사혼방주를 향해 자신을 보라는 듯이 팔을 내뻗는다. 무언가 할 말이 있는 듯 입을 벌린다.

"마, 말도……."

쿠우우웅.

끝내 한 마디도 제대로 내뱉지 못한 운마군이 그대로 쓰러진다. 몸이 내상을 이기지 못했음이 분명했다.

"승자는 일독지문의 왕정이오!"

사혼방주의 마지막 선언을 듣지 못 하는 운마군이었다.

第十章

청춘인가? 억지인가?

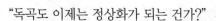

"독곡도 이제는 정상화가 되는 건가?"

"아무렴! 일독지문도 잃어버린 무공을 찾았다지 않는가. 허가도 아주 살판났던데?"

독곡은 축제 분위기다. 아니 축제라 해도 부족함이 없다. 얼마만의 독인 선출이던가. 분위기가 좋을 수밖에 없었다.

"하하. 그럴 수밖에! 내가 말했잖는가. 버티고 버티면 언젠가 볕들 날이 있다고!"

"일독지문이 그리 될지는 나도 몰랐지. 이럴 줄 알았으면 나도 아들놈에게 지원을 시킬 걸 그랬네."

분위기의 중심은 자연스레 일독지문을 향해 가 있을 수

밖에 없었다.

연독기공을 잃어버리기 이전에 최고의 성세를 자랑하던 일독지문이 아닌가. 그곳에 연독기공이 돌아왔다.

사람들의 중론은 자연스럽게 일독지문이 다시금 성세를 되찾는다였다.

왜 아니 그렇겠는가? 일독지문의 무인들만 한 증거가 있지 않은가.

가장 상위의 무공 연독기공이 있음으로써 단숨에 강해지고 있는 연독기공의 무인들을 보고 있노라면 일독지문이 최고 문파가 되는 것도 꿈은 아니었다.

그런 상태에서 독인까지 일독지문의 왕정이 되었으니!

비록 그가 중원에서 온 지 얼마 되지 않았다지만, 그게 무슨 상관이겠는가.

본래부터 독곡은 외부에서와 뿌리를 튼 자들이 많았지 않은가. 거부감이 아예 없지는 않더라도 높을 리는 없었다.

모든 것이 일독지문에게 좋게 흘러가고 있다고도 볼 수 있는 상황이었다.

"으음……."

헌데 재미있는 건, 일독지문에 대해서 찬양하는 그들을 보고도 가장 기뻐할 자가 기뻐하지 않고 있었다.

바로 일독지문의 문주 운민이었다.

그녀의 표정을 보고 있노라면, 연독기공을 찾기 이전의 일독지문과 같은 상태가 아닌가 싶을 정도다.

그만큼 표정이 어두웠다. 보아하니 근래에 하던 고민 때문이 아닌가 싶었다.

"해시에서 자시……."

해시(21~23시)에서 자시(23—1시)라니? 그 늦은 시간에 그녀가 해야 할 일이 있다는 말인가.

아무리 문파를 위해서 힘을 써야 할 문주라지만 그 시간까지 무언가를 하는 자는 거의 없었다. 있어 보았자 수련 정도랄까?

허나 아무리 수련광이라고 하더라도 오늘 같은 날은 수련을 할 리가 없었다, 독인이 선출되어 축제를 벌이는 날이니까.

고민에 가득 둘러싸인 그녀의 곁에 어느덧 누군가가 자리했다.

"무슨 고민이라도 있는 거야?"

"아?"

왕정이다. 본래부터 운민보다 경지가 높은 왕정이니, 그녀에게 인기척을 들킬 리가 없지 않은가.

인기척을 들키지 않는 것이 당연했다.

헌데 그녀는 왕정의 인기척을 느끼지 못한 것보다 그가

자신을 바라본다는 것에 더욱 쑥스러움을 느끼는 듯했다.

"……아니에요."

근래에 들어서 자신을 피하는 낌새가 느껴지는 그녀다. 그래서인가? 왕정은 오기로라도 더 캐묻듯 물어보았다.

"으음…… 그래? 정말로?"

"네."

"흐으음……."

묘하게 바라보는 눈빛. 자신도 모르게, 철아영이 자신을 바라보던 표정을 따라하고 있는 왕정이었다.

'드, 들켰을까?'

무언가 독촉하는 듯한 눈길에 괜히 가슴이 찔리는 운민이다. 드디어 오늘이 결행일인데 여기까지 와서 들킬 수는 없었다.

"저, 저는 이만 문파원들에게 가야 해서…… 먼저 가 볼게요!"

"아?"

대답도 듣지 않은 채로 쌩하니 움직이는 그녀. 대화에 소득이 없는 것도 문제지만, 묘하게 꺼림칙함이 느껴지는 왕정이다.

[대체 왜 그러는 걸까요?]

―허허……

그저 웃어 보이기만 하는 독존황. 그리고 여전히 아무것
도 모르는 왕정. 그렇게 축제의 시간은 유시(17~19시)를
지나 술시를 향해 가고 있었다.

*   *   *

해시다!

마음 한구석에서는 시간이 지나가기를, 다른 한구석에서
는 시간이 멈추기를 바라며 콩닥거리던 가슴이다.

그런 두근거리던 심장이 이제는 쉼 없이 가슴을 두드리
고 있었다.

소녀의 감성으로는 생각지도 못할 일을 결행할 그녀치고
는 꽤나 묘한 두근거림이지 않은가.

'이제는 움직여야 해!'

왕정은 독인이다. 독곡에서 독인이 태어나는 것을 축하
하는 축제이니만치, 왕정은 주인공이나 마찬가지가 아닌
가.

그를 노리는 다른 자(?)들이 생각 외로 많을 것이 분명했
다. 어서 움직여야 했다.

"한노가 잘해 줬으려나……."

"으음······."

안 그래도 한노가 왕정의 방을 다녀가기는 했다.

독인이 된 것을 축하한다는 덕담, 앞으로에 대한 이야기, 독존황에 대한 예우까지 평소와 별달리 다를 것 없는 대화였다.

다만 조금 다른 것이 있다면, 평상시와는 다르게 술이 조금 들어갔다는 정도일까?

술을 즐기는 왕정은 아니지만, 오늘 같은 날에도 거절을 할 수는 없었다. 그러니 자연스레 술이 몇 잔 들어가는 것은 당연한 이야기였다.

과음은 아니더라도, 즐기기는 했다.

헌데 술 몇 잔을 마신 것치고는, 얼굴이 꽤나 붉어진 왕정이다.

누가 봐도 부자연스러운 상황이었다. 술이 몸에 받지 않는 자들이 가끔 음주를 하면 얼굴이 붉어지기는 한다.

하지만 무인이 그럴 리가 있겠는가?

이미 몸에 내공을 보유한다는 것만으로도 신진대사가 보통사람과는 다르게 된다.

하물며 왕정과 같이 초절정에 다다르면 일반 양민과 비교했을 때 초인이라고 봐도 무방할 정도였다.

그럼에도 그가 얼굴이 붉어진다니?

자신의 몸을 수발하는 것에서부터 시작하는 것이 무공이니만치, 왕정은 거울로 보지 않아도 자신의 몸이 달아올랐다는 것을 느끼고 있었다.

처음 겪는 상황이다. 자신보다도 자신의 상태에 대해서 잘 알 아는 독존황인 터다.

"뭔가 이상한데요…… 괜히 얼굴이 달아오르기도 하고……."

—허허…… 그럴 수밖에…… 아직도 그러한 풍습이 남아 있었던가.

"그럴 수밖에라니요? 게다가 풍습이라니요?"

역시 독존황의 답을 듣고 보니, 그는 뭔가를 알고 있는 듯했다.

'독곡의 술은 다른 곳과 다르게 특별하기라도 하는 것인가?'

이곳은 중원과는 전혀 다른 환경인 곳이지 않은가. 그러니 독곡의 술이라면 중원의 술과 뭔가 다를 수 있기는 했다.

허나 그렇다고 해도 몸이 이렇게 반응하는 것은 뭔가 이상하지 않은가?

'한노가 독을 탈 리는 없고…… 아니 독이라면 몸이 먼저 반응하겠지.'

만독을 조종할 수 있다는 연독기공을 익힌 왕정이지 않은가. 어지간한 독이고서야 먹자마자 바로 알 것이다.

아니, 되려 내공으로 화(和)할 게다. 독주가 약주가 되겠지.

뭔가 이상했다.

"그러면 대체……."

독존황에게 더 물어보려는 찰나. 갑작스럽게 문이 열렸다.

'암습? 아니다.'

평소에 잘 알던 이의 인기척이다.

모습을 드러낸 이는 운민이었다. 헌데 먼저 기척을 낸 다음에 들어오는 것이 예가 아니던가?

평소 자신을 어른으로 모시는 운민의 태도라기에는 벌컥 문을 열고 들어오는 것부터가 뭔가 이상했다.

거기다 자신과 비슷하게 저토록 상기된 얼굴이라니.

'뭔가 이상하다.'

그제야 왕정은 돌아가는 분위기가 뭔가 이상하다는 것을 느꼈다. 그녀로부터 악의가 느껴지는 것은 아니지만 거의 확실했다.

"운민? 대체…… 아……."

스르륵.

아니 이 얼마나 빠른 전개란 말인가!? 상상치도 못한 전개였다!

스르륵. 스르륵이라니?

대체 지금 이 순간에 운민이 왜 이런 일을 벌인다는 말인가. 둘 모두 성년이 된 지 오래이니 문제는 없다지만, 급히 돌아가는 전개가 무언가 이상했다.

'대체……'

거기다 자신의 몸은 왜 이런단 말인가.

통제되어야 할 몸이, 철부지 10대라도 되는 듯 벌게짐이 더해지고 심장이 더욱 빠르게 뛰기 시작했다.

[하, 할아버지……]

왠지 통제되지 않는 몸에 어렵사리 전음을 날려보는 왕정이다. 지금의 상황을 독존황이라면 해결할 수 있지 않겠는가?

아무것도 모르는 왕정과는 다르게 독존황은 상황을 파악하고 있는 듯 보이니 말이다.

할아버지라면 분명 자신을 도와줄 수 있을 것이다. 그러니, 그렇게 되면 당황스러운 지금의 상황을 벗어날 수 있지 않겠는가?

헌데 이건 또 무슨 일이란 말인가.

—허허. 청춘이로고…….

왕정의 도움을 받아들이기는커녕, 독존황이 자신으로부터 떠나는 것이 느껴지는 왕정이었다.

한 시진 정도 되는 시간이지만, 자신으로부터 벗어 날 수 있는 독존황이긴 했다. 헌데 왜 지금과 같은 상황에 자신의 몸으로부터 벗어나려고 한다는 말인가?

"……무……."

독존황을 향해 다급하게 말을 날리려는 찰나, 그녀가 다가온다. 그에 맞춰 더욱 빠르게 뛰기 시작하는 두근거림!

급작스러운 전개가, 급작스러운 상황을 만들어 나가고 있었다.

*   *   *

"……이, 이럴 수가……."

왕정은 충격에서 헤어 나올 수가 없었다. 하기야 그가 당한 일(?)이 있는데 헤어 나오면 그게 더 이상하였다.

어여쁜 마누라, 토끼 같은 자식, 작은 집. 좋은 가정.

무공을 익히기 이전에 그가 꿈꾸던 삶이다. 소박하다면 소박하고, 어렵다면 어려운 것이 그의 꿈이었다.

이제 와서는 그런 꿈을 이룰 수는 없겠구나 하고 생각하고 있던 그다.

나이가 많은 것은 아니나, 적이 많아졌으니 단란한 가정을 이루려면 생각 이상으로 힘이 들지도 모르겠다고 깨달았기 때문이리라.

그렇기에 무의식적으로 피해 왔을지도 모른다. 다른 여인들의 눈빛도, 추파도, 은근한 신호도 전부!

그런데 이런 식으로 당할 줄(?)이야. 이런 일은 생각지도 못하였던 왕정이다.

게다가 자신의 할아버지가 자신을 버리다니!? 그 상황에서 자신을 버리고 갈 줄은 상상도 하지 못한 왕정이다.

그렇기에 따져 물었다.

"······이거 말도 안 되는 거 아시죠?"

─허허······ 청춘이 아니더냐?

"청춘은 청춘이고. 당한 거는 당한 거죠. 아니 그 상황에서 당할 줄은······."

─······당하긴 뭘 당하였다고 하는 것이냐? 네가 달려든 것이지 않더냐.

"그, 그래도요!"

몸은 자신이 움직였으나, 당했다고밖에 할 수 없기는 하다. 그런 상황을 만드는 데 일조한 것은 왕정 자신이 아니었으니까.

자신이 무슨 난봉꾼도 아니고, 지금껏 순수하게(?)만 살아오지 않았던가. 그런데 이럴 줄이야.

일단 일은 벌어졌으니 상황은 정리해야 했다. 그게 순리다.

"⋯⋯대체 제가 왜 당한 겁니까? 독도 아니고, 미약이라고 해도 어지간하면 이겨낼 텐데요."

―미약은 미약이다. 목적이 그것이니 미약이 맞겠지. 독곡 전통의 것이기도 하다.

"독곡 전통이요?"

―그래. 예로부터 독곡은 위험한 곳이었다. 한 끼 식사를 해결하기 위해서 죽음을 각오해야 하는 곳이라 하지 않았더냐.

그거랑 독곡의 전통이랑 무슨 상관일까? 평소라면 깊이 사고를 할 수도 있을 왕정이지만 지금은 그리하지 못하였다.

"그거랑, 그거랑 무슨 상관인데요?"

―생존에 위협이 상주한다면⋯⋯ 자손이라도 많아야 하지 않겠느냐?

돌려 말했으나, 이해하기는 편했다.

항시 위협이 상주하는 곳이니 그런 식으로라도 자손을 늘렸다는 말이겠지. 미약이 발전한 것은 그 덕분이겠고.

아마 독인을 선출하고 나서 그 뒤의 축제에 이런 일(?)이 벌어지는 것도, 그런 맥락에서 이어진 것일 게다.

허나, 그건 예전의 일이 아닌가. 지금은 독곡이 그렇게까지 위험하다고 볼 수만은 없지 않은가.

중원만큼은 아니더라도 많은 발전을 이루어서 그나마 전보다는 낫지 않은가. 게다가 독곡의 사람들도 독곡에 대한 적응은 거의 끝나 보이는 참이 아니던가?

옛날이야 모르겠지만, 지금의 독곡을 보자면 한 끼 식사를 해결하다가 죽는 경우는 들어보지 못한 듯하다.

물론 한 끝 차만 잘못 삐끗해도 죽는 것은 여전하지만 말이다.

그렇기에 반문했다.

"……짐승이나 그러는 거 아닌가요? 그리고 이제는……."

─허허…… 전통이라는 것이 그리 쉽게 사라지는 것이겠더냐?

전통이라. 여기에도 과연 전통을 이어붙이는 것이 당연한 이야기인가? 모를 일이다.

"저어…… 그러면 이제 저는……."

차마 제대로 이야기를 하지 못하는 왕정이었다. 이대로 말이 이어지게 되면 자신에게 닥치는 파급 효과가 무서워서이리라.

"후우……."

심호흡을 한번 하고 다시 묻는다.

"이대로면…… 그 뭐냐…… 책임져야 하는 겁니까? 책임을 지지 않는다는 건 아니지만…… 후우…… 이런 식은……."

—허허. 본래 전통대로라면 책임을 지는 것은 아니다. 중원에서는 이해치 못할 일이지만 독곡에선 그러하다.

"말도 안 되는 거 아시죠? 이 무슨 소설 같은……."

—허허. 생존과 전통이 묘하게 겹친 것이다. 마을 하나 차이로 관례가 다른 법인데, 환경이 아주 다른 독곡이야 오죽할까.

위험한 곳에서 생존하기 위해서 자식을 많이 낳는 것. 그걸 위해서 이뤄졌던 일이니 혼인까지는 이어지지 않는 것인가.

아니, 그렇다고 보기에는 지난밤에 자신에게 보이던 운민의 모습은 진심이었다.

그녀의 마음마저 전통에 기댄 것이라고는 말을 할 수 없는 왕정이었다.

"후우……."

한숨을 쉬는 왕정에게 독존황이 은근하게 말한다.

—그래도 답은 정해져 있지 않더냐? 네 성격이라면 말이

다. 게다가 이 할애비도 그 아이가 마음에 안 들지는 않는구나.

"……."

돌려 말했지만, 뻔하지 않은가. 혼인이라는 단어를 말하려는 것일 게다.

'복잡하군…….'

독인이 되고도 해야 할 일이 많았다.

독곡 내에서는 자신에게 칼을 겨눈 독막을, 중원에서는 당가와 그들에게 힘을 보탠 자들을 처리하고자 맹세하지 않았던가.

그런데 이런 식으로 상황이 벌어지다니.

자신이 한 행동에 책임을 지지 않으려는 것은 아니지만, 당장이 곤란했다. 이대로 운민과 이어지기라도 한다면.

'어쩌면…… 나는…….'

일독지문에 그대로 안주하는, 그 상태로 있을지도 몰랐다. 편안함, 정에 목을 매는 왕정 자신의 성격이라면 충분히 그럴 만했다.

허나, 운민만 생각하기에는 중원에 있던 다른 이들도 밟히는 것은 어찌해야 하는가?

게다가 왠지 모르게 죄책감이 들기도 하는 것은 또 왜일까?

"마음에 걸리는 바도…… 생각해야 할 것도 너무 많네요."

─그것이 청춘이고, 젊음의 특권이 아니겠더냐. 고민하고 또 고민해 보거라. 독막, 독인, 당가, 운민, 일독지문, 중원. 그 모든 것들을 말이다.

"그리하면 답이 나올까요?"

─답이란 없을 것이다. 허나 그것 또한 사는 것의 묘미가 아니겠느냐.

우문에 현답이다.

생각지도 못한 전통이라는 것. 운민에 대한 미안함. 묘한 상황. 죄책감. 그 모든 것들이 복잡스레 왕정의 정신을 혼란스레 만들고 있었다.

第十一章

더해진 고민, 상황

　"청춘이라……."

　이게 청춘일까? 단순히 밤을 함께한다고 해서 청춘이라면,

아니라고 대답하고 싶은 왕정이었다.

　그렇게 이어지는 것이 인연이고, 청춘이라면 홍루에 가서

밤을 보내면 청춘이지 않겠는가. 말도 안 되는 소리다.

　다만 그 대상이 운민이었기에 고민이 깊어질 뿐이다.

　아니, 단순히 함께 밤을 보냈다는 게 중요한 것이 아니었

다. 전에야 무의식중으로 피했지만 이제는 안다.

　'마음…….'

　전통이라는 것을 빌어, 그녀가 자신에게 오기까지의 마음

을 안다.

어떤 고민을 해 왔는지, 짐작이 갔다. 왜 표정이 어두웠는지를 알 수 있었다. 왜 조금씩 거리감을 뒀었는지도 알만 했다.

감정이 없이 단순히 전통을 따랐던 것이 아님을 이제는 알기에 고민이 깊어질 수밖에 없는 것이다.

—고민이 깊구나? 되려 그 아이는 아무런 말이 없는데 말이다.

"후우…… 일이 복잡하니 그런 것이겠지요."

독막이 반발을 했다. 독인 선출 시험에서 왕정이 승리를 하였음에도 불구하고 반발을 한 것이다.

그것도 대놓고 나섰다.

본래부터 왕정이 독인이 된 것에 반발을 할 것이야 예상은 했다지만, 직접적으로 나설 줄은 몰랐었다.

왕정이 나선다면야 좋았겠으나, 왕정으로서는 현재 자신의 마음 하나 다스리지 못하고 있지 않은가.

그런 상황에서 운민이 나섰다. 여인의 몸이기는 하나 문주이니, 그녀가 나서는 게 일견 당연하기는 하다. 하지만.

'……말도 안 되는 일이지.'

왕정의 생각대로 말도 안 되는 일이다.

지금껏 직접 나서 일을 해결한 왕정이 아닌가. 독막이 반발을 했다면 그가 나서 해결을 해야 하는 것이 당연한 이야기였다.

어쩌면 지금 이렇게 시간을 두고 고민을 하고 있다는 것 자체가 사치였다. 어떤 식으로든 시간이 더 가기 전에 결론을 내야 했다.

침묵은 생각보다 길지 않았다. 아니 며칠간의 침묵이라면 충분했었던 것일지도 몰랐다.

"복잡하기만 하네요. 이럴 때가 아닌 걸 아는데요."

―알고는 있었더냐?

"예……."

밀린 일들이 많았다. 복잡한 일이 많았고 해야 할 일이 많았다. 중원에서부터 독곡에 오기까지 겪은 일들이 너무도 많았다.

운민과의 일, 인연을 무시하려는 것은 아니나 운민과의 일을 해결하기 이전에 해결해야 할 것이 많았다.

지금 운민과 일이 생겼다고 하여, 운민과의 일을 처리하는 데만 몰두를 할 수도 없지 않은가.

다른 일들을 묵혀두기만 하기에는 상황이 좋지 못했다.

"……이기적이기는 하지만 일단은 이야기를 할 수밖에요."

―그것이 결론이더냐?

길게 말하지 않아도 왕정의 생각을 이해하여 묻는 독존황이다.

"예. 간단하게만 생각하기에는 복잡하니까요."

간단하며 복잡하다.

그녀와 하루를 보냈다고 하여, 덥석 혼인을 하기에는 걸리는 바가 많았다. 그렇다고 해서 그녀와의 인연을 끊을 수도 없지 않은가.

함께한 기간이 짧다 하여 인연이 깊지 않은 것은 아니기 때문이다. 그렇기에 왕정은 조금은 이기적인 선택을 하려 하였다.

"……가지요."

운민에게 움직이기 시작하는 왕정이었다.

*　　*　　*

"일단은 녹군에 도움을 요청하도록 하지요."

그녀는 문주다웠다. 여인으로서의 마음과는 다르게 문파의 일을 처리하는 데는 전혀 막힘이 없을 정도였다.

"그들이 도와 줄지는 모를 일입니다. 본래부터 이런 일에는 끼지 않았으니 말이지요."

"이번은 다르지 않습니까?"

"허나…… 전례가 있으니."

"서신을 보내는 것만으로도 견제는 될 것입니다. 그러니 우선 움직이도록 하세요."

"알겠습니다."

상황을 파악할 줄 알았으며, 그에 맞춰 대응을 할 줄도 알았다.

무공 실력으로는 부족함이 있을지 몰라도, 문주로서는 적당했다. 아니 적당한 것 이상이었다.

이대로 꾸준히 문주로서 성장을 해 나간다면 일독지문은 제이의 전성기를 구가할 지도 모를 일이다.

"크흠……."

그런 그녀에게 왕정이 찾아왔다.

그런 일이 있고서, 며칠이 지나서야 그녀를 찾아 온 것이 염치없을 법도 한지라 그의 표정은 어색하기만 했다.

하지만 그녀를 맞이하는 그녀의 표정은.

"사조님! 오셨군요!"

되려 어색함은커녕 기뻐하는 표정이었다. 며칠 전에 그 일은 전혀 신경을 쓰지 않는다는 듯 보였다.

왕정에게만 보이던 특유의 쑥스러움도, 거리감도 전혀 없었다.

"아, 응."

전혀 예상하지 못했던 태도이기에 약간이나마 얼떨떨하기까지 한 왕정이었다.

"그나저나 무슨 일이신지요? 아아. 이제 슬슬 나서 주시려는 건가요? 안 그래도 녹군에 서찰을 보내기는 했어요. 그 외에도 달리 움직여 봐야겠지요."

그녀는 둘이 있었던 일보다도 먼저 문주로서의 이야기를 꺼내고 있었다. 그 전에는 아무 일도 없었다는 듯이.

'그냥 넘어가려는 건가?'

무언가 꺼림칙했다. 그날 있었던 일은, 그냥 넘길 일은 아니었지 않은가.

비록 이기적인 선택을 하기로 했다지만 자신의 생각은 분명 전하고 넘어가는 것이 좋았다.

"운민."

"예?"

"으음. 그러니까 말이지."

뜸을 들여 본다. 어디서부터 이야기를 꺼내야 할지 모르겠다는 태도다.

하기야 산전수전을 겪은 왕정이라지만 이런 일에는 쑥맥일 수밖에 없지 않은가. 소설 속 주인공처럼 모든 일을 이미 겪었다는 듯이 쉽게 처리할 수는 없는 일이었다.

그가 머뭇거리는 것도 당연한 일이었다.

"흐으음……."

그녀가 그녀를 바라본다. 눈을 피하지 않은 채로 정면으로 바라보고 있었다. 그러고는 그녀가 먼저 입을 열었다.

"괜찮아요."

"응?"

뭐가 괜찮다는 건가?

"이번 일로서 잡을 수 있을 거라고는 생각지도 않았어요. 아니 못했죠."

"……."

"단순히 연독기공을 익혔기 때문에 이곳 독곡에 온 게 아니잖아요. 무슨 사연이 있겠지요. 독곡은 그러지 않고선 오지 않는 곳이니까요."

여자의 직감인가? 아니면 깊은 생각 끝에 내린 결론인가. 어느 쪽이든 그녀의 말은 틀리지 않았다.

"제갈 매달리면…… 책임지실 분인 거 알아요. 그날 밤, 억지를 부렸던 것도 알고, 뜬금없었던 것도 알지요."

"……아니. 그런 건……."

"괜찮아요. 애써 위로해 주시지 않아도요. 다만요. 다만……."

여기서는 당당하기만 하던 그녀도 조금이지만, 눈가가 붉어진 듯했다. 분명 왕정은 그리 느꼈다.

"잡지는 않겠지만…… 그래도 가지는 마세요. 독곡을 나서지 말라는 게 아니에요. 함께하자는 거지요."

"아아……."

그녀의 말은, 실상 그 어떤 말보다 무서운 결론이기도 했다. 달리 어떤 말이 필요하겠는가.

아직까지 모든 것에 결론을 내리지 못한 왕정으로서는, 또한 걸리는 것이 많은 왕정으로서는 그저 고개를 끄덕일 수밖에 없었다.

그와 그녀 사이의 일의 결론이자 맺음은 어쩌면 한참 후에야 이뤄질지도 모를 일이었다.

또한 왕정으로서는 예상하지도 못할 후폭풍을 중원에서부터 몰고 올 것이 분명했다.

―허허. 좋을 때로고……

독존황의 말대로 좋은 일이 될는지는 두고 보아야 할 일이었다.

* * *

'그래. 우선은…….'

중요한 일을 뒤로 미룬 것이기는 하나, 본래 계획대로 움직여야 할 때다.

게다가 지금의 일은 시급을 요하는 것이기도 했다. 독막이 부산스레 움직이고 있다 하니 그것을 해결해야 하는 것이 우선인 것이다.

─계획대로 움직이려고 하느냐?

"예. 당연한 거 아니겠어요? 악순환은 차라리 이런 식으로 끊는 게 나을지도 모르죠."

미리 세운 계획이 있다.

험악한 것은 물론이고, 중원에 비교하면 성보다도 작은 이 독곡에 맞지 않을까 생각하여 세운 계획이다.

─너무 큰일이 되지 않을지 모르겠구나.

"그럴지도 모르지요. 그렇지만 상황이 이런 식으로 돌아가고 있으니, 움직이지 않을 수도 없잖아요?"

─흐음…… .

독존황이 침묵한다. 왕정의 계획을 젊은이의 객기라고만 보기엔 분명 맞아 떨어지는 바가 있기 때문이리라.

'과연 변화가 될는지, 퇴보가 될는지는 모르겠지만…… 지켜보아야겠지.'

독존황의 침묵 속에서도 왕정은 발을 쉼 없이 놀리고 있었다. 일차적인 목적지는 가장 말이 통할 것 같은 녹군이었다.

독막을 찾아갈 적에는 문지기로부터 박대를 받았다.

나중에야 기세를 끌어 올려, 대우를 받았다지만 엎드려 절 받기나 다름이 없었다. 허나 녹군은 달랐다.

"온다는 것은 들었소. 다시 뵙습니다."

왕정이 정식으로 서찰을 들고 찾아와서인지 그들은 미리 마중을 나왔다.

그것도 녹군의 다음 대 후계자라 할 수 있는 호일운이 맞 이하였을 정도다. 그가 내상을 입은 것을 생각하면 환대도 이런 환대가 없었다.

격을 신경 써 준 것이다. 가히 일독지문을 신경 써준다고 할 수 있을 만한 대접이었다.

"이렇게 인사를 올리는 것은 처음인 듯하군요. 반갑습니 다."

그걸 알기에 왕정도 그에 맞춰 예를 올렸다.

"이리로 오시지요."

호일운은 중원의 방식을 잘 모를 법도 하건만, 적당히 알 아듣고는 그를 안내하기 시작했다.

서벅. 서벅.

녹군의 처음을 알리는 문을 열고 들어가니, 풀이 그대로 밟히는 안이 기다리고 있었다.

이곳저곳에서 수련을 하는 자를 보고 있노라면 사람이 부 족하여 관리를 못하는 것은 분명 아니었다.

무언가 이유가 있어 안의 풀조차도 관리하지 않는 것이 분명했다. 또한 이러한 것들은 묻지 않는 것이 상례였다.

헌데,

'……그런데 독초다?'

그냥 넘기기에는 궁금증이 더해지지 않는가.

아무리 독곡에 있는 녹군이라지만, 내부에 독초들을 그대로 두다니. 이들은 대체 무슨 생각으로 그러한 것일까?

왕정은 걸음은 그대로 유지한 채로 호일운에게 조심스레 물었다.

"실례가 되지 않는다면 말씀 좀 묻겠습니다."

"무엇인지요? 아버지께서 환대를 하라 말씀을 하셨으니, 부담가지지 마시고 말하시지요."

호일운이 이렇게 말을 잘 하였던가. 호탕해 보이기만 하는 그치고는 부드러운 답이었다. 해서 왕정도 부담을 갖지 않고 물었다.

"……별거 아닌 질문일지도 모릅니다만, 독초를 그대로 유지하는 이유가 대관절 무엇인지요?"

"수련을 위함입니다."

"수련이요?"

"예. 수련입니다."

독초가 있는 것으로 수련이 되는 것인가. 되려 위험할 수도 있지 않은가.

이런 식으로 독초를 자생시키다가는 자칫 수련 중에 부상이라도 당할 경우 부상이 악화가 될 수도 있었다.

"설명을 더 들을 수 있는지요."

"저희는 독을 지배하고자 하는 자들입니다. 아니, 정확히는 정복해 내고자 하는 것이 맞겠지요."

"정복이라……."

들어서 알고는 있는 바다. 허나 그것과 독초에 연관성이 있는가? 가만 들어보니 짐작은 갔다. 해서 되물었다.

"설마, 자연 그대로 독초를 두고 그조차도 수련의 대상으로 삼는 것입니까?"

"바로 아시는군요. 맞습니다. 생활이 곧 수련이요, 수련이 곧 단련이고 독에 대한 정복이지요."

"대단하군요."

호일운의 말에 순수하게 감탄이 나오는 왕정이었다.

독을 지배하기 위해서 독과 함께 하다니. 재미있는 발상이지 않은가. 중원에서는 상상도 못 하는 행위다.

모르긴 몰라도 그들의 독에 대한 저항력이 큰 것은 바로 이런 사소한 점들에서부터 시작이 된 것일 게다.

그리고 도처에 즐비한 독초가 수련의 대상이며 생활이라면.

'내가 보이는 것 외에도 다른 무언가들이 그들의 수련을 돕는 것이겠지.'

지금 보이지 않는 곳에서 행해지는 수련들은 상상 이상의 것들임이 분명했다. 그러니 호일운 같이 젊은 나이에도 대단한 무인이 나온 걸 게다.

자신이 익히고 있는 연독기공과는 분명 다른 방식이나, 그들의 방식은 분명 존경할 만하였다.

"대단하군요."

"흐음……."

호일운이 의외라는 표정으로 왕정을 바라본다.

"솔직히 일독지문에서 저희를 인정하실 줄은 몰랐습니다."

"그렇습니까?"

"적은 아니되, 알게 모르게 내외를 하고는 하였으니까요."

하기야 대대로 일독지문과 녹군이 교류를 했다는 말은 듣지 못하였다. 무공의 성격도 다르니 그의 말대로 소 닭 보듯 했을 게다.

"하하. 아무래도 제가 중원에서 온 지 얼마 되지 않아 특이한 것일지도 모르지요."

"그러실지도 모르겠습니다. 헌데, 독인이 되었으니 이제는 다시 나가셔야 하지 않습니까?"

"그거야 두고 보아야 할 일이겠지요."

"그렇습니까? 무언가 생각이 있으시군요?"

"후후……."

과연 자신이 홀로 나갈지, 계획대로 다른 이들과 함께 나갈지는 두고 볼일이었다.

반 보 정도 앞서가던 호일운이 멈추어 섰다.

"고견을 듣고 싶으나, 저는 여기까지인 듯합니다. 그럼 아버지와 담소를 나누시기를……."

화려하기만 한 독막에 비하면 초라해 보이기까지 한 허름한 건물이 왕정의 앞을 기다리고 있었다.

*   *   *

"왔군."

안으로 들어서자 알싸한 냄새가 반겼다. 아니, 왕정이 아니라면 당장에 중독될지도 모를 향이다.

일독지문의 문주 운민의 집무실보다도 독향이 더욱 강한 곳이 바로 이곳 녹군의 문주가 있는 곳이었다.

'독……그것도 족히 몇 세대에 걸쳐 쌓여 온 독들이다.'

그 수가 수백, 수천을 훌쩍 넘어선 것이었다. 시독이 그러하듯 때로는 시일이 지날수록 강해지는 독이 있지 않은가.

이곳에 있는 모든 독들이 그러한 독들은 아니나, 수 세대에 걸쳐 쌓인 독들의 독함은 확실히 보통을 넘었다.

헌데 지금 이곳에 있는 독들의 강함보다도, 더 의외인 것은 왕정이 이미 올 것을 예상하고 있었다는 듯 보이는 그의 태도다.

"이미 예상을 하고 계셨군요?"

"모르는 것이 이상하지 않은가?"

"그렇습니까……."

호일상의 자식이자 호일운의 아버지인 자. 호군웅.

헌데 외모만 놓고 보자면 호일운만큼 탄탄한 체격을 가지고는 있지는 않은 그였다. 탄탄한 몸을 가진 자가 대다수인 녹군을 생각하면 꽤 의외인 모습이다.

'그가 외부 활동을 하지 않은 지는 오래 됐다 들었긴 한데…… 지금 모습은 대체 뭔가.'

호군웅은 호일운이 안내를 한 것이 아니었다면, 잘못 들어왔나 하고 생각이 들 수도 있는 모습이었다.

대체 왜 덩치가 저러한 것일까? 그의 의문을 눈치챈 것인지 호군웅이 먼저 입을 열었다.

"자네는 호기심이 많군. 자칫 실례가 될 수도 있는 모습이네."

"죄송합니다."

"되었네. 탓을 하자고 하는 것은 아니니 말일세. 하하."

그래도 호탕함만은 호일운과 비슷한 그였다. 되려 너무 호탕한 웃음소리에 그의 덩치가 잘 어울려 보이지 않을 정도였다.

"비밀이랄 것도 없네. 이 몸이 이러한 것은 수련 중이기 때문이네."

"천독파공 때문입니까?"

"달리 다른 무공이 있겠는가. 당연하네."

호일운이 보여주었던 것과는 다른 어떤 단계가 있는 것인가. 대체 왜 저런 단계를 거쳐야 할지는 모를 일이다.

헌데 독존황은 아무것도 깨닫지 못한 왕정과는 다르게 무언가 얻은 바가 있는 듯했다.

—재미있는 방식이로고. 독을 파(破)하기 위해서 자신의 몸조차도 파한다라. 파생(破生) 끝에 양생(養生)을 이룩하는 것인가.

[그게 무슨 말이죠?]

—쉽게 말해 독을 이겨내기 위해 자기 자신을 극기한다는 것이다. 묘하구나. 재미있는 발상이야.

왕정이 말을 이해하지 못하는 건가? 아니다. 바보는 아니기에 말 그 자체는 이해할 수 있는 왕정이다.

다만 말로서 뜻은 깨달아도, 무인으로서 와 닿는 바는 아직 없기에 의문을 가질 따름이었다.

'이해를 하기에는 아직까지는 너무 먼 일인가…….'

하기야 말로서는 짧은 말이나, 독존황이 말하는 바를 깨달을 수 있었더라면 더 높은 경지에 있었을 것이다.

아쉽지만 당장에 머리로서 이해할 수 있는 것만으로도 다행이었다.

"자네는 너무 생각이 깊은 듯하군. 대화를 할 때는 집중을 하는 것도 예의일세."

"죄송합니다."

"흐음…… 궁금증은 푼 듯하니 신경전도, 탐색도 그만 하도록 하지. 바로 본론으로 들어가는 것이 어떠한가?"

본론인가. 이미 아는 듯하니 이야기가 더 길어보아야 무엇할까. 나쁠 건 없었다.

"독막의 일에 대한 도움을 바랍니다."

"진정으로 도움을 바라는 것인가? 그도 아니면…….."

이번에는 그가 왕정을 탐색하려는 듯 깊은 눈으로 왕정을 바라본다.

"뒤엎어 보려 하는 것인가?"

왕정의 계획을 눈치챈 것일까. 하기야 다른 이도 예상할 만한 행보를 보이기는 했다. 정면 돌파다.

"알고 계셨던 겁니까?"

"……아니라고 하지 않는군."

"지금에 와서 물러서면 그게 더 이상한 것 아니겠습니까? 녹군이 새로운 무공을 창안하듯, 독곡이 돌아가는 방식도 새로움이 더해져야 하지 않겠습니까?"

"하하. 재미있는 말이군. 새로움이라……."

독곡의 무공은 계속해서 발전해 왔다. 시일이 지나면서 독곡도 변화를 하니, 독곡의 사람들도 적응키 위해 발전을 해 올 수밖에 없었다.

허나 무공은 변화해도 사람은 변화하지 않았었다.

그들에게 있어 정신적 지주는 언제나 사혼방이었다. 무공은 나머지 삼대 문파가 주관한다 할 수 있었다.

독곡의 사람들에게는 그게 자연스러웠다. 그게 삶이었고 태어나서 죽을 때까지 이어지는 당연함이자 진리였다.

그것을 왕정은 새로움이라는 기치 하에 정면으로 바꿔야 한다 말하고 있었다. 온연히 독곡의 사람이라 할 수 있는 녹군의 문주 앞에서!

"자네는 일독지문의 사람이되, 그 정신은 녹군의 사람인 듯하군?"

"무슨 말인지요?"

"투쟁하려는 의지. 운마군과의 대련에서도 그걸 보여주었었지. 그렇지 않았다면 지금 그대를 상대할 리도 없었을 것이네."

의지가 엿보인다는 건가. 그렇기에 자신을 상대할 자격이 있다는 것인가. 녹군의 사람인 그다운 해석이었다.

"좋네. 본래부터 녹군은 독곡의 갈래이며, 또한 자신이 독곡의 후예라 생각하는 자들이 모인 곳. 그곳을 새로움으로 바꾸려 한다면……."

"……."

짧은 침묵이나 많은 것이 오고 갔다. 그들이 말하는 눈빛, 기세, 변화 그러한 것들이 많은 것을 말하고 있었다.

"오게나."

독곡을 바꾸고 싶다면, 그 변화를 막고 있는 자신에게 의지를 보이라 하고 있었다.

이제는 현역에서 물러나야 할지 모를 자신을 향해 오라 말하고 있었다.

第十二章

변화, 시작하다

불리해 보일 수도 있는 싸움이었다. 아니, 불리할 수밖에 없는 싸움이었다.

장성한 호일운을 자식으로 가지고 있는 호군웅의 나이는 몇 줄이나 될 것인가? 사십 줄? 오십 줄? 많으면 육십 줄에 가까울까?

그게 무슨 상관인가!

무인에게 육신의 나이가 중요한 것인가? 아니다. 끊임없이 자신을 갈고 닦는 수련이 중요할 따름이다.

그는 여전히 현역이었다.

덩치가 중요한 것인가? 그럴 리 없지 않은가. 덩치가 크다 하여 유리한 것은 삼류의 무인들에게나 통용되는 이야기다.

그가 삼류일 리가 없지 않은가.

대단한 무공?

그럴 리가! 삼재검법을 대성하여도, 무당의 검을 꺾을 수도 있다. 그것은 무림의 긴 역사가 증명하였다.

또한 그의 무공 또한 결코 낮은 수준의 무공은 아니었다.

그렇다면 의지가 부족한가? 그렇다면 그는 부딪치려 하지도 않았을 것이다.

시간. 경지. 무공. 의지.

모든 면에서 왕정이 불리할 수밖에 없는 대결일지도 몰랐다. 그는 현역이었으며, 녹군의 문주이자 어쩌면 독곡의 적통이라 할 만한 자였다.

어쩌면 앞서 상대하였던 운마군보다도 대단할 수도 있는 자가 바로 눈앞의 호군웅이었다.

그가 부딪치자 말한다. 변화를 위해서는 자신을 부숴야 한다 말한다. 설득도, 더 이상의 대화도 필요 없다는 듯 눈빛으로 말하고 있었다.

'가지 않을 수가 없잖은가……'

중원의 무림에서는 보이지도 않던 무인들이, 이곳 녹군에는 왜 이리도 많단 말인가. 호일운, 호군웅, 대이문. 녹군 출신의 그들 모두가 진정한 무인이었다.

"후우……."

짧은 호흡을 내뱉은 왕정이 자신의 주위로 독구들을 소환하기 시작한다. 전력을 다하려는 듯 양손에도 독강기가 함께하고 있었다.

전력을 다하려는 것이다.

어느덧 호군웅 또한 자세를 잡고 있었다. 단순히 자세를 취하는 것만으로 그의 모든 준비는 끝이었다.

독을 지배하려는 자와 정복하려는 자.

"갑니다!"

"오게."

그들이 부딪쳤다.

폭음이 오가지는 않았다.

권법을 사용한 왕정과 육체로 부딪치는 호군웅이었으나 고수들의 대련답게 부딪침은 적었다. 단 한 수에 의하여 승패가 정해지는 승부이니 부딪침이 적은 것은 당연하였다.

대신 그들은 끝없이, 서로의 의지를 나누었다.

"……재밌는 독일세."

독을 정복하려 하는 호군웅은 왕정의 독구를 거부하지만
은 않았다.

화접의 묘리를 사용하듯 독구를 받아들인 그는, 독구의
파괴력은 그대로 파하면서도 독 자체는 피하지 않았다.

왕정의 독에는 절대 중독되지 않을 거라는 자신감이 보이
는 모습이었다.

"흐읍!"

잠시지만 독에 중독되어 보이는 호군웅. 짧은 시간 후 그
는 그러한 기색이 어디로 갔냐는 듯 금세 정상으로 돌아오고
는 했다.

그 짧은 시간에 왕정의 독을 해독해 낸 것이 분명했다. 천
독파공이 그를 도와주었으리라.

'어디까지 갈 수 있을까.'

자신의 독이 해독될 때마다, 다급해질 법도 하건만 왕정의
표정은 여전히 평온해 보였다. 그동안 있었던 많은 경험이 그
의 평정심을 유지해 주고 있는 것이다.

올라간 입꼬리를 보고 있노라면 지금 상황을 즐기고 있는
것이 아닌가 싶을 정도다.

한 번이 안 되면 두 번.

두 번이 안 되면 다시 세 번.

독곡에 오고 나서부터는 항상 그런 대결이 아니었나 싶었다.

응용보다는 의지.

그것을 통해서 상대를 꺾어 왔었다. 그 정점이 운마군과의 대결이었다.

'혼합독이 안 된다면 이번에는…… 강한 독도 좋겠지.'

그동안의 경험으로 독강기로 이루어진 독구를 변화시켜 본다. 그가 더해가는 방식에 과연 호군웅은 얼마나 버틸 수 있을까?

이미 무공과 무공으로의 부딪침은 전혀 중요하지 않았다. 육신과 육신의 부딪침이 중요한 시기는 지나간 지 오래였다.

독을 정복하려는 호군웅을 독으로서 지배하는 것이 중요할 뿐이었다.

스으으으!

새로운 방식으로 왕정의 독이 그에게 부딪친다. 그를 받아들이는 그는 한 점의 흔들림조차 없었다.

독막의 심처. 녹군의 중심지를 둘의 대결이 가득 채우고 있었다.

*   *   *

"……어떻게 한 건가?"

많은 독을 지배해 왔던 그다. 녹군 자체가 독을 지배하려 하니 수련을 위해서는 당연한 행위였다.

그가 젊은 시절보다도 왜소한 체격을 가진 것조차도 모두 수련의 일환이었다.

독을 지배하기 위해서, 육체를 지배해야 했고, 그 과정에서 오는 필연적인 과정 때문에 탄탄했던 육체가 변화한 것이다.

허나 육체가 왜소하다 하여 약해지는 경지는 이미 지난 지 오래였으니, 보이는 것과 다르게 전성기를 구가하고 있던 그 다.

그런 그가 왕정의 독에 의해서 무너져 내렸다. 독하다는 시 독, 금속독, 액독, 환충독 그 모든 것들을 다 견뎠건만 어찌 무너져 내린단 말인가.

혼란스러워 하는 그다.

충격이 큰 듯 표정을 관리하지 않고 여실히 드러냈기에 왕 정도 그의 내심을 짐작할 수 있었다.

"……응용이랄까요. 이제 와선 응용이라기보다는 무공의 한 갈래인 거 같습니다만은."

"갈래란 말인가?"

"독을 지배한다는 건, 단순히 독을 사용하는 것에 의미가 있는 게 아닌 것이지요."

"……."

긴 설명이 무에 필요할까.

쉽게 설명한 것은 아니나 많은 의미가 담겨 있는 것을 이해한 듯 그제야 호군웅은 혼란스러움이 조금 가신 듯한 얼굴이었다.

"게다가 운도 따랐지 않았습니까? 이번이 아닌 다음이라면 제가 질지도 모를 일이지요."

녹군의 독에 대한 내성은 독곡에서도 알아준다.

이번은 이겼다 하더라도 다음은 모른다. 같은 독은 저항해 낼지도 모르기 때문이다. 그렇기에 녹군이 독을 지배한다 말할 수 있는 것이다.

"무인에게 있어 그런 핑계가 무슨 소용이 있겠는가. 한수 배웠네."

운마군과 다르게 자신의 패배를 바로 인정하는 호군웅이었다. 어느 때보다 깔끔했다.

"확답으로 들어도 되겠습니까?

"물론이네."

되었다.

'앞으로 해야 할 것은 수도 없겠지.'

중원과는 다른 식으로 돌아가는 독곡이지 않은가. 호군웅을 잠시 꺾었다 해서 녹군이 넘어 온다는 것은 말도 안 되는 소리다.

다만 그가 시작일 뿐이다. 적어도 그가 인정을 하는 상황에서라면 대놓고 반기를 드는 자는 적을 것이다.

앞으로도 있을 많은 내부의 변수, 반발, 변화를 생각해야겠지만 지금은 이것으로 만족했다.

그의 계획에서 있는 작은 언덕 하나를 넘기는 데 성공한 왕정이었다.

*   *   *

시간이 공평하게 흐르는 만큼, 왕정이 아닌 다른 이들 또한 시간의 흐름에 몸을 맡겨 움직이고 있었다.

황궁이 있는 북경에서의 정보전은 첨예하게 쫓고, 쫓김을 반복해 왔었다.

영원히 지속될 것만 같던 술래잡기였다. 하지만 술래가 많아짐으로써 쳇바퀴와 같던 술래잡기가 막을 내렸다.

정보를 얻기는커녕 계속해서 실종되는 수하들에 대응키 위해서 더욱 많은 수를 투입한 사혈련과, 뒤늦었으나 확실하다 할 수 있는 증거를 잡음으로써 속히 움직이기 시작한 개방.

그 둘의 협공 아닌 협공에 구궁심처(九宮深處)와도 같았던 마천루도 결국에는 그 입구를 개방할 수밖에 없었다.

허나 비밀스러운 그들은 그 상황조차 이용을 하였다. 자신들의 본거지나 다름없던 마천루를 포기하면서까지 함정을 파 놓았던 것이다.

"미친!"

한밤 중, 북경의 밤에서 폭음이 울리고 사람이 죽어나갈 줄 누가 알았으랴!

폭사하는 자들은 시작에 불과했다. 폭발 사이에서 겨우 살아남은 자들을 노리고 있는 암수는 아무리 개방의 무사라 해도 치명적일 수밖에 없었다.

"젠장! 다 조져!"

"막아랏!"

게다가 평소 적이라 할 수 있는 사혈련의 무사들마저도 비슷한 시기에 마천루로 잠입을 하였으니!

그들간의 충돌은 미리 그려진 그림이라 할 만하였다.

'농간이 있다.'

'당했군.'

다행히도 무사들 가운데에서 바보들만 있었던 것은 아닌 것인가. 상황을 파악한 자들도 나왔다.

"황 사제. 그대라도 가서 전하게나."

"어찌!"

"어서!"

"어서 움직이라고! 련주한테 손수 치도곤을 당하기 전에!"

"알겠수다!"

폭음이 울려 퍼지는 가운데에서도 사혈련과 개방 양측에서는 일부를 내보냈다.

그들이 얻은 정보, 아니 정보라고 하기에는 부족하지만 애써 잡은 단서들을 전하기 위함이었음을 모르는 자는 이곳에 누구도 없었다.

다만 그럼으로써 사혈련과 개방 사이의 치열함은 더욱더해질 수밖에 없었다.

상대의 정보를 막으면 자신들에게 유리함은 당연하기에 그들의 행동은 타당했다. 다만 그 사이에서 어부지리를 행하는 자들이 있었으니.

"호홋. 죽을 줄을 모르고 달려드는 부나방들이란…… 언제나와 같군요."

모든 상황이 해소가 될 때쯤. 아니, 양측의 피해가 너무 커 암묵적으로 물러나려 할 때쯤 그녀가 등장하였다.

"……"

가시를 품었으나 경국지색이 어디 가겠는가. 본능에 충실하다 할 수 있는 사혈련의 무사들은 잠시지만 음심을 품을 정도의 매력이었다.

허나 지금의 상황상 이토록 태연한 태도로 미인이 등장하는 것은 부자연스럽다는 것은 알만한 자들이기에 침묵할 뿐이었다.

"호호. 그 눈빛들이 너무 소란스럽군요."

용케도 그녀는 사혈련의 책임자와 개방의 책임자 간에 오고가는 암묵적인 휴전에 대한 눈빛을 읽어낸 듯했다.

"……큽."

"젠장. 눈치 하나는 최고군."

허나 이미 눈빛을 주고받은 지 오래다. 함정인 것을 알았는데, 아니 함정에 당한 것을 알았는데 더 부딪치기만 해서야 바보다.

최고의 증거가 될 수 있는 그녀가 남아 있는 줄 알았다면 서로 부딪치기 이전에 쟁탈전부터 시작을 했을 거다.

바로 그녀를 잡기 위한 쟁탈을.

"쳐! 우선은 치라고!"

"저 여인을 사로잡도록 한다."

허나 그녀는 단순히 미모로서 이곳에 자리한 것이 아니지 않는가.

실제로 사내 여럿을 잡아먹는 그녀다. 그녀의 눈에는 자신들에게 달려드는 사내들이 진수성찬으로 보일지도 모를 일이었다.

"후훗……."

그려지는 그녀의 미소. 그날 밤, 북경에서는 혈화가 피어올랐다.

혈화가 전해지는 것은 자연 빠를 수밖에 없었다.

사혈련이고 무림맹이고 가릴 것도 없이 시선을 두고 있던 곳에서 혈화가 피어올랐으니 당연한 일이었다.

"대책을 마련해야 하오."

"대책이라 하심은 무슨 대책을 말씀하시는 겁니까?"

"당연히 원인을 조사하려면 사람을 더 보내야지요."

"흐음……."

파견을 더 하려는 자. 조심스레 사태를 관망하려는 자. 어부지리를 얻기 위해서 일을 꾸미는 자들까지.

워낙에 크게 피어난 혈화였으니 그 파급력이 여러 갈래로 퍼져가고 있는 것이다.

사혈련이고 무림맹이고 할 것 없이, 부산스레 움직이고 있던 와중. 전혀 생각지도 못한 곳에서 다른 움직임이 그려지고 있었다.

"크흡…… 대체, 무슨……."

"킬. 그러기에 같이 하자고 말하지 않았는가?"

녹림의 총채주이자, 거력패성(巨力孛星)이라 불리는 손호준은 멍한 표정으로 자신을 바라보는 호화당 채주 이순을 비릿한 눈으로 바라보고 있었다.

"쿨럭……."

각혈을 하고 있는 이순에 대한 동정은 단 한 점도 없는 듯했다.

"이곳은 누가 맡기로 하였던가?"

"접니다."

총채주가 묻자 호화당 채주의 동생을 자처하던 이겸은이 나섰다.

"네, 네가……."

자신의 상태로 미루어 보아 배신자가 있음을 예상하기는 하였지만, 그 배신의 대상이 의형제라 말하던 이였을 줄이야.

평생의 반을 같이 하던 그가 배신을 할 줄은 전혀 예상하지 못했을 것이다. 고통에 찬 와중에서도 이겸은을 쏘아보는 이순이었다.

"너무 길지 않았소이까?"

그런 이순은 전혀 신경도 쓰지 않는 듯, 이순은 오직 총채주만을 바라보며 묻고 있었다. 오래 알고 지낸 듯 꽤나 자연스러웠다.

"흐흐. 대업이라 하는 것이 쉬운 건 아니잖은가? 어쩌면 시작도 못 했을 수도 있겠지."

"뭐 그야 이해는 하오이다. 그나저나 슬슬 제대로 움직이기 시작하는 거요?"

"위의 일도 있었으니 안 움직일 수야 있겠는가?"

"합이 잘 맞는 거 같으니 좋구려."

"아무렴!"

대화로 미루어 보아 이겸은은 꽤나 오래 무언가를 준비하고 있는 듯했다.

대대로 녹림을 통일하자고 나서는 총채주는 많았다. 그러니 총채주 손호준이 이러는 것이야 이해는 간다.

허나 녹림에서도 꽤나 규모가 되는 호화당의 요인인 이겸은까지 무언가를 따로 준비하고 있을 줄은 누구도 예상을 못했을 터였다.

"네, 네놈들을⋯⋯."

그사이 힘이 다한 듯한 이순의 눈이 감긴다.

심혈을 기울여 준비한 독을 오래도록 장복한 그다. 확인을 해 보지 않았어도 죽었을 터.

남은 둘은 그런 그를 애도하기는커녕 미리 정한 대로 움직일 뿐이었다.

그날 많은 수의 녹림도가 죽고, 사라졌다.

그리고 무림맹과 사혈련 모두에서 우려 반, 걱정 반의 시선으로 바라보던 일이 벌어지기 시작하였다.

역대 그 어떤 속도보다도 빠르게 녹림이 총채주를 중심으로 재편되기 시작한 것이다.

아직까지는 반발이 있어, 완전한 통합에는 시간이 걸리긴 할 것이다. 하지만 지금까지 이루어진 일만으로도 충분히 문제가 될 만하였다.

분산되어 있던 그들이 하나로 통합이 되면 칠십이 개의 문파가 하나로 합하여지는 것과 마찬가지니 어찌 문제가 안 되겠는가?

북경의 일에만 집중을 하던 련과 맹으로서는, 급작스레 빨라진 녹림의 움직임에도 주시를 할 수밖에 없었다.

가장 먼저 움직이는 것은 무림맹이었다. 무림의 정의를 수호한다는 것이 그들의 존재 의의인 만큼, 제일 먼저 나설 수밖에 없었다.

"북경에는 혈화가 피는데, 녹림도 우거지기 시작하더구려? 슬슬 적당한 가지치기가 필요하지 않겠습니까?"

"상황이야 심각한 것은 알고 있지요. 하지만……."

뒷말은 듣지 않아도 뻔하였다. 녹림이 움직였다고 한들 누가 나설 것인가?

진정으로 무림 정의를 수호하기 위한 무림맹이었다면 이런 고민 자체가 사치였을 터였다. 하지만 지금은 어떠한가.

무림맹주를 따르는 소수의 인물들을 제외하고도, 두 개의 계파로 나뉘어 있는 게 현재의 무림맹이다.

하나는 당가를 중심으로 한 문파들이요, 다른 하나는 관철성 관언을 중심으로 한 문파들이다.

개방과 같이 중립을 표방하는 곳도 있기는 하였으나, 그들은 흐름을 따라갈 뿐이라 현 상황을 헤쳐 나가는 데는 더욱 답이 없었다.

모두가 나름의 목적이 있으며 성격이 각기 다르니 그들을 조율하기란 지난한 일이 될 수밖에 없었다.

"아무래도 녹림에 가장 가까운 자들이 나서는 것이 좋지 않겠소이까?"

"헹. 말도 안 되는 소리 아니요? 무림맹의 행사를 나눠서 하자는 것이요? 그리해서야 어부지리만 줄 것이오."

"어부지리가 될 것이 있겠습니까? 정 안 되면 당가는 또 어떻습니까?"

점창을 대표하여 자리를 지키고 있는 하운성의 물음이었다.

"그게 또 무슨 소리요?"

전과는 다르게 상황을 지켜보고 있는 당가의 이야기가 나오다니.

왕정의 일로 당가의 명성이 떨어지지 않았더라면 아무리

점창이 당가와 노선을 달리하기 시작했어도 이렇게 나올 수는 없었을 것이다.

분노와 함께 당기선에 이어 자리를 지키고 있던 당가 장로는 얼굴 가득 물음표를 띄울 수밖에 없었다.

당가를 왜 걸고 넘어지냐는 표정이다.

하운성은 장로의 표정을 읽었을 것이 분명함에도 여전히 무표정을 유지하는 채로 다시금 물었다.

"공적이 되어 버린 독협이란 자도 독을 이용하여 산채 하나를 홀로 날리는 데 성공하지 않았소?"

굳이 공적과 독이라는 말을 강조를 하는 것을 보면 당가의 성질을 건드리려 하는 것이 분명하였다.

"허허. 괴성의 도움을 받았다고 하더니, 독이 강한 것은 아시나 보구려?"

"약하지는 않더이다. 그래서 당가에게 묻는 것이오. 당가가 나서면 생각보다 쉬이 해결해 줄 수 있지 않겠습니까?"

당가가 나선다라. 최전성기를 구가하고 있는 당가라면 분명 녹림채에 타격을 줄 수는 있을 것이다.

하지만 전멸은 무리다.

아무리 당가라 하더라도 칠십이 채라는 수를 자랑하는 녹림을 전멸시킬 수는 없다. 당가라 해도 불가능한 일이다.

게다가 겉으로는 실리라 표방하며 속내로는 자기잇속 챙

기는 게 특기인 당가이지 않은가. 피해를 감수하고서 나설 리가 없는 당가였다.

그걸 알고 있음에도 하운성이 당가를 걸고 넘어가는 이유야 뻔했다.

안 그래도 떨어진 당가의 명성을 더욱 아래로 떨어트리기 위함이 분명했다.

"사혈련의 공격도 겨우 막아내더니 시야가 어두워진 거 같소이다?"

"우군이라 생각하는 자들의 도움이 있었더라면 문제가 없었겠지요."

"허어…… 그때는 당가 또한 일이 복잡했었소이다."

"달면 삼키고, 쓰면 뱉는 자들은 사도만 하는 일인 줄 알았었소이다. 하하."

당가 장로도 하운성의 의도를 알아채자, 둘의 대립은 순식간에 첨예해졌다.

그들을 말릴 만한 자라고는 무림맹주밖에 없는 터였다.

"……."

중립이나 다름없는 개방주가 기대 어린 눈빛으로 맹주를 바라봤지만, 그는 여전히 침묵을 유지했다.

그는 자신과 뜻을 같이하던 관언이 노선을 달리하고 나서부터는 항상 이런 식이었다.

대신 언제나 침묵을 유지하며, 중립인 듯 일관하던 관언이 나섰다.

"이대로 이야기를 더 해 보아야 무슨 소용이 있겠소이까?"

"그럼 어떻게 하자는 것이오."

"당장에 녹림은 시간이 걸릴 듯하니, 시급한 것부터 해결하는 게 좋지 않겠소이까?"

"시급한 문제라……."

옳은 말이었다. 그렇기에 다들 답은 하지 않아도 공감은 하였다.

혈화를 피어 올린 북경, 언제나 문제가 되는 사혈련, 활발히 움직이는 녹림에 노선이 갈리고 있는 내부의 문제까지.

겉으로는 평화로운 듯 보이는 무림맹이나 처리해야 할 일이 산적해 있다. 그게 현 무림맹의 실상이었다.

"그렇다면 무엇부터 해결을 하는 것이 옳다고 생각하오?"

"제 생각은 이렇소이다. 가장 쉬운 것부터 상대하는 것이 옳지 않겠소이까?"

"쉬운 것이라 함은?"

녹림, 북경, 사혈련. 어디 하나 쉬운 곳이 있단 말인가?

있을 리가 없었다. 쉬운 곳이었다면 무림맹에서 고민조차 하지 않았을 터다.

관언과 미리 이야기를 나누지 못한 자들로서는 그가 어디를 말하는 것인지 상상도 하지 못하였다.

'이제부터인가……'

맹의 회의자들 모두가 자신을 집중하고 있다는 것을 느낀 관언이 제갈운에게 눈짓을 한다. 시작을 하라는 신호였다.

그때부터 무림맹은 노선은 서로 달리할지언정, 조금씩이지만 움직이기 시작하였다.

아주 비밀스러웠기에 맹에 심어진 세작들조차도 그 움직임을 깨닫기 힘들었을 정도였다.

다만 그 움직임이 온연히 무림맹의 움직임이라기에는 석연찮은 점이 많은 것이 문제인 터.

그들의 이러한 움직임이 어떠한 파급 효과를 나을지는 지켜보아야 할 상황이었다.

第十三章

일보(一步) 내딛다

중원은 복잡하게 돌아갔다.

무림맹은 정파라기보다는 되려 사특한 사혈련이라도 되는 듯, 은밀하게 움직이기 시작했다.

그 대상이 누구인지는 아직 밝혀지지 않았으나, 대상이 되는 자의 피해가 극심할 것은 당연한 이야기였다.

"두 번의 기회는 없을 것이오."

"물론입니다. 어느 때보다 조심할 터이니, 이만 살펴 가시지요."

"크흠……."

사혈련의 경우 련을 한바탕 다 뒤집어 놓은 감사관들을

드디어 보낼 수 있었다.

북경을 떠나 련에서 몇 년이고 엉덩이를 들이밀고 있을 태세였던 것치고는 빠른 복귀였다. 이제 와서 련의 사정을 봐줄 리는 없을 터이니 무언가 사정이 있는 게 분명할 터였다.

시혈련이라고 해서 당하고만 있었던 것은 아니었다.

당하는 것은 무능한 자들에게나 해당되는 일인 터. 련주가 그리 무능하였더라면 그는 련주가 되기는커녕 그전에 련의 누군가에게 당했을 터다.

약육강식에서 살아남은 강자인 련주는 북경과 함께 감사관에 대한 조사도 함께 하였다.

"조사는?"

"아직입니다만은…… 줄기는 잡아 낼 수 있을 듯합니다."

"좋군."

단 하나의 실마리, 아니 실마리라고 하기에도 부족할 만한 근거 하나를 가지고서 조사를 진행한 그들이다.

시간을 들였기에 가능한 것인지, 행운이 더해진 것인지는 몰라도 드디어 긍정적인 결과가 만들어지고 있었다.

"당하고만 있을 수는 없지 않은가. 분명 북경으로 이어질 것일세."

"다들 그리 예상은 하고 있습니다."

"그렇다면 북경의 그것들과는 역시…… 무림맹이 가장 어울리지 않겠는가?"

무림맹이 분주한 만큼 사혈련 또한 분주하게 움직이고 있었다.

"호호호. 다음 단계를 공작하도록 하지요."

"예이! 여부가 있겠습니까?"

북경과.

"가자!"

"옙! 움직이랍신다!"

녹림에서도 그 움직임이 끊임없이 이어지고 있었다.

*   *   *

중원이 꿈틀거리고 있는데 독곡이라고 하여 가만히 있을까.

아니 되려 더욱 복잡하였다. 중원 혼란의 축소판과도 같이 돌아가고 있는 곳이 독곡이었다. 새로운 변화 속에 그들의 움직임은 쉼이 없었다.

독곡의 전통을 정면으로 반대하고 나서는 독막은 사혈련

이라도 되는 듯하였다.

"문주. 그만 하는 것이 어떠한가?"

"무얼?"

"이대로 나선다고 하여서 이득이 무에 있는가."

"허어…… 아직 다 다독이지 못한 것인가? 그대만 찬동을 하여 준다면, 독막은 분명 나의 말을 들어줄 것이야!"

내부로는 안일지를 포함하여, 전통을 따르는 자들의 의견이 매일같이 문주 운마군에게로 쏟아졌다.

"어렵다고 하지 않았는가?"

"그대가?"

"그렇단 말이네!"

운마군은 안일지와의 수십 년의 우정을 이유로, 다른 이들을 설득해 주길 원했다. 하지만 그런 일이 그의 뜻대로만 되겠는가.

외부인에게는 개방적인 듯하나, 내부적인 전통과 규율에 대해서는 폐쇄적이라 할 수 있는 독곡의 사람들이다.

그런 그들에게 독인 선출 시험은 큰 의미가 있는 터.

"그때의 결과를 인정하는 것이 그리 어려운가? 다들 수긍을 하지 않는가."

"말도 안 되는 소리! 다시금 그놈과 맞붙는다면 승리하는 쪽은 이쪽이 될 게야!"

"허어…… 운마군! 친우로서 이렇게 부탁을 하고 있지 않은가."

"시끄럽네. 문주로서 명하겠네! 독막의 장로로서 내부를 다독이란 말일세."

"……"

"어서!"

그런 의미가 있는 시험의 결과를 운마군은 반대하고 나섰으니, 내부에 분열이 일어나지 않으면 그게 더 이상하였다.

"……내 그런 방식은 좋지 못하다 하지 않았는가. 대체 왜 그가 오고 나서부터는 계속해서 삐뚤어지기만 하는가?"

"무엇이?"

"그대가 말일세! 운마군! 제발 좀 정신을 차리게나!"

안일지만 하더라도, 내부에 있던 불만을 끄집어낼 정도였다.

하기야 군이 전통을 들먹일 이유도 없었다. 불만이 쏟아져 나오지 않으면 그게 더 이상하였다.

본디 운마군은 무공 실력을 제외하고는 문주로서의 능력이 출중한 자는 아니지 않는가. 다만 무공에 대한 재능이 높고, 그에 걸맞은 경지를 가지고 있기에 존중을 받았을 뿐이다.

헌데 지금은 어떤가. 그의 나이 반 줄도 되지 않는 왕정에게 패배하여 독인의 자리를 놓쳤다.

애써 무력으로 독막을 이끌어가던 그에게 있어, 패배는 크나큰 타격일 터.

어쩌면 운마군이 독인 시험의 결과에 대해서 정면으로 반박하고 나선 것은, 위태로워진 자신의 자리를 지키기 위한 발악일지도 몰랐다.

"되었네! 안일지! 그대가 도와주지 않는다면 나 혼자라도 나서면 될 터. 내 뜻을 같이 하는 자들을 모아 움직이겠네!"

"허어……."

또한 발악이기에 운마군으로서는 더더욱 우길 수밖에 없을 게다.

그렇게 독막에서 분열에 의한 파열음이 계속해서 이어지고 있을 때, 다른 한편에서는 통합의 움직임이 이어지고 있었다.

"이게 무슨 해괴한 방법인가? 중원에서는 이리 하는가?"

"그럴 리가요."

다만 그 방법이 일반적인 방법은 아니었다.

문파와 문파의 합일은 어찌 하는가?

그런 일 자체가 희귀하기는 하지만 아주 없는 것은 아니다. 구파일방 중에서도 있을 정도다.

문파의 합일에는 여러 방법이 있다.

그 첫째는, 시간을 들여 아주 천천히 이뤄지는 합일이다.

계파와 류(類)로 나뉜 것을 시간을 들여 통합을 하는 것이다. 구파일방에 속한 많은 도가의 문파들 중에서도 검으로 이름 높은 화산 또한 그렇게 합일되었다.

가장 부작용이 없는 방법이지만, 시간 또한 가장 오래 걸리기에 쉽게 수행되는 방안은 아니었다.

둘째는? 무력에 의한 합일이다.

무란 무엇인가. 결국 무력이며, 그 무력은 무인의 의지를 가장 잘 대변해 주는 것이지 않은가.

무력 대 무력, 힘 대 힘으로 상대를 깨부숨으로써 서로 다른 문파가 합일되고는 한다. 물론 합일이라기에는 한쪽이 거의 파(破)해지는 것에 가깝지만.

완전히 하나가 된다고 보기에는 어려운 방법이며, 쉬이 분열이 일어날 수는 있지만 시간은 적게 든다.

때문에 사파에서는 주로 무력에 의한 통합이 이뤄지는 게 보통이었다.

이 외에도 계략을 사용하여 자연스럽게 합일을 이룬다든

지, 식객으로 들인다든지 하는 여러 방법이 있었다.

헌데 왕정은 전혀 다른 방법을 안고 나섰다.

이런 식으로 할 것이었으면 대체 왜 호군웅과 대결을 벌였는지 이유를 알 수 없을 정도다.

"대신에 사냥꾼들은 자주 이런 방식을 쓰지요."

"사냥꾼이라? 사냥꾼의 방식인건가. 흐음⋯⋯."

왕정이 판단하기에 이 짧은 시간 안에 녹군과 일독지문의 완전한 통합은 말도 안 되는 소리였다.

수 세대, 수백 년을 넘어 따로 갈라져 있던 두 문파가 그리 쉽게 합쳐지겠는가.

그게 쉬웠더라면 녹군과 일독지문이 따로 있었을 리가 없었다. 결론은 쉽지가 않다는 말이다.

'내가 천재도 아니고, 조조 같은 대단한 군주는 더더욱 아니지.'

그런 어려운 일을 자신만을 믿고 덜컥 해버리는 것은 어불성설이다.

그런 생각은 거만하고 어리석은 생각 정도가 아니다. 나가 죽어도 할 말이 없을 비루한 생각이다.

다행히도 왕정은 비루하지 않았다. 대신에 자신의 생각을 가져왔다.

"중원의 사냥꾼은 말입니다. 무공을 익히지 않았지요.

그런데도 산의 맹수들을 잡곤 한다 이겁니다."

"그렇다고 듣기는 했네."

독곡은 워낙에 위험하여 사냥꾼이 따로 없다. 아니, 사냥꾼이라고 하더라도 무공을 익힌 자들이 사냥꾼으로 나선다.

독초는 어찌 피한다고 하더라도, 살아 움직이는 독수(毒獸)는 쉬이 피할 수 없으니 독곡에서는 그게 당연했다.

결국은 위험하기 때문이다.

하지만 중원은 독곡보다는 위험치 않기에, 사냥꾼들 대다수는 무공을 익히지 않았다. 그게 상식이기도 했다.

그런 자들이 어지간한 일류 무인들보다도 강한 맹수를 어찌 잡는 것일까?

경공보다도 빠른 몸놀림을 가진 호랑이, 외공을 익힌 자보다도 강한 한 수를 보이는 곰을 상대로 말이다!

답은 간단했다.

"방법은 쉽습니다. 하나가 안 되면 둘로, 둘이 안 되면 셋으로 뭉쳐서 했지요. 때로…… 사냥개들도 사용하고요."

"그런 건가. 듣기로는 아주 쉬워 보이는데."

"예. 그런데 이 쉬워 보이는 방법이 실제로 이뤄지기는 아주 어렵단 말입니다."

"흐음?"

그제야 호군웅은 아주 궁금하다는 표정으로 변하였다. 그는 계속해서 이어지는 왕정의 설명이 재미있는 듯했다.

"준비, 사냥, 결과. 그 세 가지가 모두 맞물려야 사냥에 성공할 수 있으니까요."

"세 가지라…… 어떻게 되는 건가?"

왕정도 오랜만에 옛 생각이 나서인지 설명을 하는 데 열을 올리고 있었다.

"호랑이를 잡는다고 해 보자고요. 그것도 아주 커다란 호랑이요. 지역에서도 소문이 나 있는!"

어느새 그의 말투는 예의 바른 왕정이 아니라, 사냥꾼이었던 때의 어린 왕정으로 돌아가 있었다. 아이처럼 보일 정도였다.

"호오…… 그 정도라면 잡는 게 보통 일은 아니겠군?"

"아무렴요! 지역에 소문이 날 만한 호랑이라 치면 사람 몇은 잡아먹은 놈이라 이거죠. 맹수이니 힘이 강한 건 물론이고, 사람 맛을 보고 영악하기까지 하다 이 말입니다."

호랑이가 사람을 잡아먹는 경우는 몇 없다.

나이를 먹어 늙어 빠진 호랑이들이 사냥이 쉬운 사람을 노리는 게 보통이다. 이런 경우 잡기가 상당히 까다롭긴 하지만, 사냥꾼 몇이 모이면 쉬울 수도 있다.

하지만 젊은 호랑이가, 영악하게 사람을 노리기 시작하

면 이것만큼 골치 아픈 것도 없다.

사람보다 뛰어난 오감, 속도, 타고난 체력까지. 그 모든 것을 갖춘 호랑이는 맹수가 아니라 영물이라 할 수 있으니까!

"재미있군."

"예. 그러니 이 호랑이를 잡자고 나서는 사냥꾼들은 준비 단계에서부터 머리가 복잡할 수밖에 없습니다."

"그럴 수밖에 없어 보이는군. 흐음…… 그냥 모이기엔 어렵겠어."

호군웅의 말에 왕정이 손을 탁하고 친다. 그의 말이 맞다는 의미였다.

"잘 보셨네요. 단순하게 모여서 활만 갈겨댄다고 호랑이가 죽는 건 아니니까요. 분야가 나뉜다 이겁니다."

"분야라……."

"추격을 전문으로 하는 사냥꾼, 개를 다룰 줄 아는 사냥꾼, 백발백중의 사냥꾼에 도축 전문까지! 사냥꾼도 별의별 사람이 다 있습니다."

뛰어난 사냥꾼의 경우에는 자신의 아래로 여러 사람을 두고 부릴 정도로 대단하다는 것 정도는 일단 빼어 두고 이야기하는 왕정이었다.

적당히 추리고, 딱 필요한 만큼만 설명을 하고 있는 것이다.

"그렇다면 그 분야에 맞춰서 사람들이 여럿 모이겠군?"

"예. 그런데 그리 모이는 게 쉬운 게 아니라 이겁니다. 분야에 맞는 사람을 구하기도 어려운데, 그보다 더 어려운 것이 있으니까요."

새로운 분야이자, 새로운 문화에 대한 설명이다. 그렇기에 호군웅은 그 어느 때보다 집중하여 들었다.

그러니 자연스레 왕정의 말에 대해서 그 나름의 생각이 이어지는 것은 당연한 일이었다.

"흐음…… 그보다 더 어려운 것이라면…… 아아. 알 만하군. 분배의 문제인 건가?"

"예. 추격과 사냥에 전리품. 그 밖의 여러 일까지. 뭐 하나 빠질 수 없는 문제죠. 어렵기도 하고요."

"그렇겠지. 보통 놈을 잡는 건 아니니 말일세."

"예. 그런데 이게 분야가 딱하고 떨어지는 것도 아니고, 기여도가 딱 눈앞에 보이는 것도 아니잖습니까?"

"그렇겠군. 사냥은 학문이 아니니까."

"그것 때문에 분배를 하다 보면 머리가 복잡하게 됩니다. 능력 있는 사람들이 모여도, 일이 힘들어지는 거죠."

"알 만하구만. 이해가 아주 쉬워!"

단순히 사냥꾼들이 모인다고 사냥이 되는 것이 아니다.

사냥이 시작도 되지 않았지만, 그에 관한 분배도 미리 이야기를 해 둬야 했다.

쉽게 말해 조율이라는 과정이 있다는 것이다.

사람 셋만 모여도 조율이 힘든데, 호랑이를 잡기 위해서는 열은 넘게 모일 터이니 쉬울 리가 없었다.

"뭐 그것조차도 어찌어찌 조율이 되었다고 하지요. 그런데 여기까지는 입으로만 움직인다 이거죠."

"입 사냥이라 이건가?"

"하하. 입사냥이라니. 그거 아주 걸작인 말씀이네요."

"칭찬 감사히 듣지."

적당한 덕담 뒤에, 왕정의 말은 계속 이어졌다. 아니, 사실 이야기는 거의 막바지에 이르러 있었다.

"그 모든 것을 조율하고, 준비하면 결국 이뤄지는 건 사냥이죠."

"본론이군."

"예. 그런데 막상 제일 쉽다 할 수 있는 건 이놈의 사냥입니다. 모든 게 조율되어 있고, 만반의 준비를 하고 들어가니 말입니다."

"분배 이야기는 미리 끝이 났으니, 사냥만 하게 되면 사냥꾼들의 이야기는 모두 끝인가?"

"아무렴요! 누군가가 욕심만 부리지 않고 계획대로만 한다면야, 일은 끝이라고 할 수 있는 겁니다."

사람이 모이고, 조율을 하고, 사냥을 하여, 얻을 것을 얻는다.

단순하지만 그 과정 속에서 일독지문과 녹군이 함께할 만한 방안은 이미 충분히 담겨 있다 할 수 있었다.

둘은 사냥꾼에 비유하여 마시막 조율을 시작했다. 현실적인 통합 방안이기도 하였다.

"사냥꾼이라고 해서 전부가 사냥을 나설 필요는 없습니다. 모두 그런 능력이 되는 것도 아니고요."

"옳네. 능력이 되지 않는 자는 쓸데없는 희생만 늘릴 뿐이지."

"그러니 정예면 충분합니다."

"이해했네. 정예를 모으면 그 다음은 무엇인가?"

"목적을 알리고 조율을 하는 것이겠지요. 이를테면 저희로서는 독막이 호랑이가 되는 거겠지요."

결국 목적은 독막 사냥이다. 왕정은 거기까지로 한정을 짓고 있었다.

'내 의지를 표현하는 것은 한판의 대련으로 충분했으니까…….'

좀 더 현실적인 방법으로 일을 진행하고 있을 뿐이었다.

"하하. 독막이 호랑이라…… 늑대 무리 정도가 어울리지 않겠는가?"

"그거야 정정하면 되겠지요. 늘대 무리 사냥이 때로는
호랑이 사냥보다 까다롭기는 하지만요. 하하."

"까다로울수록 사냥하는 재미가 있는 법이지. 좋네. 어
쨌든 다음은 무언가?"

"말씀드렸듯이 조율입니다. 일독지문과 녹군의 정예들
이 조율을 해야겠지요. 어떤 역할을 맡을지를요."

"그건 쉽군."

그의 말에 왕정도 고개를 끄덕였다.

녹군과 일독지문은 서로가 가진 성격이 아주 달랐다.

내공 중심인 일독지문과 다르게, 녹군은 아무래도 외공
에 무게가 쏠려 있지 않은가. 내외공의 고수들이 각기 모이
게 되면 역할 분배야 편했다.

녹군의 무사들이 앞을 지키고, 그 뒤를 일독지문이 독공
으로 노리면 될 일이다.

"예. 성격이 각기 다르나 조율하기는 편하니까요. 그럼
마지막 조율로 들어가면 역시 배분이 남겠죠."

"무엇을 배분할 참인가?"

어쩌면 이 대답을 듣기 위하여 여기까지 길고 긴 대화를
해 왔는지도 몰랐다. 제일 중요하다 할 수 있는 부분이었
다.

중요한 부분이기에 조금은 어려움을 느낄 법도 하건만 여전히 왕정은 자신만만한 표정이었다.

"두 가지를 드릴 수 있습니다."

"호오…… 하나도 아니고 둘이라?"

"예. 둘입니다."

"말을 해 보게나."

"하나는 저희와 함께 함으로써, 독곡 그 자체의 통합을 이뤄낼 수 있다는 겁니다. 비록 독곡의 전통을 대놓고 반발하는 독막을 부술 때까지겠지만요."

"일시적인 통합이군. 허나 그 의미는 분명 있겠어."

같은 독곡에 있어도 항시 내외하던 녹군과 일독지문이다. 그런 그들이 함께 일을 벌인다는 것이 의미가 없을 리가 없었다.

이런 식으로 모이는 것이, 두 번이고 세 번이고 이어지다 보면 서로에게 득이 되는 것이 분명 있을 터였다.

"하나는 알았으니, 둘째는 무언가?"

"문주님의 자식인 호일운의 목숨입니다."

"허어…… 목숨이라고? 내 아이의 목숨이 위험할 수가 있겠는가. 이 내가 있는데!"

호군웅의 기세가 일변한다. 그는 왕정의 말을 협박의 일종으로 들은 듯하였다.

오해가 있을 법한 말이기도 하였기에, 왕정은 그의 작은 흥분을 이해하였다. 아비로서 자식에 대한 사랑은 당연한 법이니 말이다.

"예. 분명 목숨입니다."

"그대는 통합을 하자는 것인가, 아니면 되려 악의를 키우자는 것인가?"

"통합을 말하지 않았습니까? 자아, 지금부터는 생각 이상의 이야기가 될 수도 있습니다."

그제야 무언가가 있음을 직감한 호군웅이다. 아니, 일문의 문주 정도 되는 그는 이미 이 상황을 짐작했을지도 모른다.

오직 그만이 알 속내이나, 기세를 변화시킨 것은 어쩌면 왕정을 한번 떠보기 위함이었을지도 모를 일이었다.

"실은…… 흐음……."

그때부터 왕정이 전음을 하기 시작하였다. 그의 말이 이어지자, 호군웅이 눈을 크게 뜨고 놀라기 시작한다.

독곡에서 왕정만이 알던 작은 비밀이, 녹군의 문주 호군웅에게로 전해지고 있었다.

第十四章

늑대 사냥

야(夜).

모두가 잠들었음이 당연한 야심한 시각에 함께 움직이고 있는 호일운과 왕정이었다.

물론 그 둘의 뒤로 함께하는 이들이 있었다. 개인사가 아니라 사냥에 함께 나선 것이었으니 당연한 일이었다.

처억.

미리 약속된 손짓에 모두가 일사불란하게 멈추어 선다. 신호 몇 가지 정도를 기억하는 것은 쉬운 일이니 이런 모습은 당연한 것일지도 몰랐다.

지금 있을 잠시의 휴식시간. 그 뒤에서부터는 본격적인 사냥이 시작되리라.

사냥을 위해 나온 이들은 두 부류. 녹군과 일독지문이었
다. 각각 다른 출신답게 휴식의 시간도 보내는 방식이 각기
달랐다.

일독지문의 사람들은 분주히 움직이고 있었다. 되도록 소
리는 내지 않되, 앞으로 있을 사냥을 위해 준비를 하는 모습
이었다.

연독기공 덕분에 힘이 강화되기는 하였으나, 각기 가지고
있는 중요한 독은 따로 준비를 한 터다.

그렇기에 바삐 움직이는 것이다.

반대로 녹군의 사람들은 그저 가만히 자세를 유지하고 있
었을 따름이다. 독이 아닌 자기 자신이 무기인 그들이기에 따
로 무언가를 준비할 필요는 없어서이리라.

대신, 그들은 자신들의 기세만큼은 쉼 없이 갈무리하고 또
갈무리하였다. 앞서 있을 사냥을 위한 그들만의 준비였다.

'몰이? 아니지. 저들도 알고 있을 게 뻔하다.'

중원의 성보다도 작은 독곡이다. 독곡이라고 칭해지는 곳
을 다 합쳐보아야 그 반 정도가 겨우 될 것이다.

그러한 독곡에서도 사람 사는 곳만 추려보면, 그 규모는
더욱 작아진다. 그런 작은 곳에 현 네다섯 개를 합친 규모의
인구수가 살아간다.

아주 사람이 적은 건 아니지만 그렇다 해서 아주 많은 것
도 아니다.

그러니 그들 중에서 사혼방의 방원이 나오기도 하고, 일독
지문에 속하기도 하며, 독곡의 사람들이기도 한 자들이나 온
다.

여러 문파의 사람들이 고루 분포된 게 독곡이다. 상황이
이러니 완전한 기습전은 불가능하다.

'몰이가 안 되면…… 역시 유인이 좋겠군.'

권모술수를 배운 바는 없다. 그런 것을 배울 기회 자체가
없었다는 게 정확하리라.

하지만 사냥술은 배웠다. 돌아가시기 전의 아버지에게 그
기초를 배웠고, 나머지는 홀로 생존하며 몸으로 직접 배웠다.

목숨을 걸고 배웠으니 학문으로 정리되지 않은 배움이라
하더라도 결코 부족한 공부는 아니었다.

사냥꾼으로서의 배움. 그것을 믿기에 왕정은 사람들을 이
끄는 데 있어 막힘이 없었다.

"녹군에서 가장 재빠른 자들이 다섯만 준비해 주시죠."

"알겠습니다."

호일운은 적어도 이 순간만큼은 왕정을 윗사람으로 모실
생각인 듯하였다.

"……"

대화는 필요 없었다. 호일운이 눈짓을 할 때마다 사람이 하나둘씩 더해졌다. 하나, 둘, 셋, 넷. 다섯이 아니다?

왕정은 그에게 눈짓으로 이유를 물었다. 호일운이 조심스레 답했다.

"저를 포함하여 다섯입니다."

"음……."

그는 겸손한 자다. 또한 자신의 능력을 제대로 파악하고 있는 자이기도 했다. 그가 자신을 포함했다면 그게 맞을 것이다.

왕정은 고개를 끄덕이면서 동시에 다섯에게 전음을 날렸다. 지금부터는 육성 또한 조심하려는 듯했다.

[녹군에서는 마음에 들지 않을지 모르나, 유인을 해 주셔야 하겠습니다.]

유인이라니?

정면으로 깨부숴 정복하는 것을 즐기는 자들이 녹군의 사람들이다. 헌데 유인이라는 것은 치고 빠지는 것이지 않은가.

그들이 생각하기에 평소 자신들에게 어울리는 일은 아니다. 하지만 이번 일이 끝날 때까지는 왕정의 말을 따르라는 문주의 명이 있었다.

[알겠습니다.]

그의 지엄한 명을 어찌 어길 수 있으랴. 호일운이 전음으로 답을 하고 다른 이들은 고개를 끄덕이는 것으로 끝이었다.

준비를 하고 나아가려는 그들의 뒤로 각각에 전음이 전해진다.

[좌의 둘은 빠질 때 도움을 주는 방향으로. 셋은 가장 먼저 앞서서 적들의 시선을 끄는 역할로 가주시길 바랍니다.]

끄덕.

사냥이 시작되었다.

*　　　*　　　*

외부에 적이 있으면 내부는 결속될 수밖에 없는 것이 이치다.

안일지 또한 현재 운마군의 행사가 마음에 들지 않으나, 달리 방안이 없었다. 장로로서 문주를 따라야 했다.

우선은 연합하였다고 알려진 녹군과 일독지문을 막고 보아야 했던 것이다.

'어떻게 녹군을 끌어들였는지는 몰라도 수완은 좋군. 후우……'

앞으로 어떻게 해야 하는가.

다른 독곡의 사람들과는 다르게 중원의 여러 서적을 읽으며 학문을 쌓아 본 안일지라지만 앞이 껌껌했다.

녹군 하나를 상대하기도 벅찬 법인데, 일독지문과 합일을 하지 않았는가. 그것을 쉽게 이겨낼 수 있을 리가 없었다.

그나마 문주 운마군이 뒤늦게서야 정신을 차리고, 제대로 경계를 하기 시작한 것이 다행이라면 다행이다.

'잘하겠지…….'

혹시 몰라 낳은 준비를 해 두었지만, 불안한 것은 그도 어쩔 수가 없었다.

"오늘 하루도 이렇게 가는 것인가……."

밤이다. 그것도 아주 늦은 야밤이다.

정면으로 대결을 하는 것을 즐기는 독곡 주민들의 특성상 적어도 이 밤만큼은 공격이 없을 것이라 생각했다.

녹군의 사람들이 감히 기습을 할까? 아니면 일독지문이? 그럴 리가! 독곡의 사람들에게는 그게 상식이다.

헌데 이 상황은 뭔가?

휘이이이익!

"적이다!"

아닌 밤중에 보초를 서고 있는 문지기들의 쉿소리가 들려온다. 적이라니? 잘못 듣지 않았더라면 적이 쳐들어왔다는 것이 아닌가.

"일독지문인가…… 아니면……."

어느 쪽일까? 안일지는 급히 경공을 발휘하여 소리가 들려

왔던 곳으로 빠르게 이동해 나갔다.

평생을 나고 자란 독막이다. 내부를 모를 리는 없었다. 밤
길을 뚫고 그가 도착하는 것은 금방이었다.

"이 무슨……."

헌데 이 상황은 뭐란 말인가. 둘, 아니 셋이다. 몇 되지도
않는 녹군의 인물들이 제대로 소란을 피우고 있었다.

뒤늦게서야 번을 서던 자들의 소리를 듣고 독막의 사람들
이 허둥지둥 나오는 것이 보였다.

헌데 녹군에서 온 자들은 수는 적어도, 정예인 듯했다.

게다가 독막에서는 이런 일은 또 처음이지 않은가. 경험이
없기에, 생각보다 큰 혼란이 만들어지고 있었다.

독막의 무인들을 상대로 쉼 없이 치고 빠지는 게 이대로라
면 한참은 소란이 지속될 듯하였다.

'좋지 못하다…….'

이래서야 좋을 리가 없었다. 벌써 반각은 더 시간을 끌지
않았던가. 녹군이 무엇을 노리는 것인지는 몰라도 소요가 일
어난다는 것 자체가 좋을 리가 없다.

자신이 나설 때였다.

"그마안!"

안일지가 크게 외치며 혼란을 만들어 내고 있는 녹군의 사

람들에게 달려 나갔다. 아니, 튀어나갔다는 표현이 더 어울렸다.

"갈!"

후우우우웅!

안일지와 함께 쏘아져나간 독륜이 호일운의 뺨을 스친다.

"허엇."

아무리 호일운이라고 하더라도 안일지의 독륜을 피하는 것이 쉬운 일은 아니었다. 스치는 것까지는 그도 막을 수 없었던 것이다.

스친 상처를 통해서 중독된 독에 호일운이 잠시 멈칫한다.

"큿……."

그사이 안일지는 다시금 독륜을 날리며 나머지 녹군 무인들을 제압하기 시작했다. 빠른 대처였다.

잠시의 소강상태가 이어진다.

그의 실력이라면 충분히 격살을 할 수가 있으나 호일운을 보아 넘기는 것도 있을 것이다.

그러나 본디 안일지는 시험 결과에 따르자 하던 쪽이 아니었던가. 평소 유한 그의 성격도 한 몫 하여 소강상태를 만들어 낸 셈이었다.

"언제 독곡이 이런 식으로 전투를 벌였는가?"

"하하. 누구의 말로는 새로운 방식이라고 말을 하더군요."

"새로운 방식?"

"예. 슬슬 시작한 것 같습니다만은?"

"시작이라 함은…… 헛!"

뒤를 바라보는 안일지였다. 적이 된 호일운을 두고 뒤를 바라보는 것은 굉장히 위험한 일인 터.

호일운이 암습을 하지 않을 것이라는 믿음도 있지만 상황이 상황이니만치 뒤를 돌아보지 않을 수가 없었다.

화마가 불타오르고 있었다!

*   *   *

그의 삶에서 오늘만큼 바쁜 날은 또 없을 것이다. 항시 여유롭기만 하던 안일지도 현재는 바삐 몸을 놀릴 수밖에 없었다.

그리고 그곳에서 그가 보게 된 광경은.

"문주!"

자신의 친우이자, 그가 모시는 문주 운마군이 쉼 없이 밀리고 있는 모습이었다.

자신이 녹군의 몇과 대치를 하고 있을 때, 대체 무슨 일이 발생을 한 것인가?

평소 자신만만함과 오만 그 자체로 살아가고 있는 운마군의 모습이라고 보기에는 꽤나 초췌해 보일 정도였다.

게다가 그의 주위로 보이는 저 많은 수의 무사는 또 뭐란 말인가?

'대체 왜……'

정면 대결도 힘들 거라고 여겼다. 녹군과 일독지문이 함께 힘을 힙쳤는데 대결이 쉬울 리가 있겠는가.

독곡 역사상 처음으로 이뤄진 연합이었고, 누가 보아도 독막이 불리할 수밖에 없는 상황이었다.

유리하기만 한 상황에서 설마 기습까지 가할 줄이야. 그렇다면 아까의 첫 소요는 지금을 위한 양동 작전이라도 되었던 것인가?

'당했군…… 예상도 하지 못했어.'

운마군을 향해서 몸을 날리면서도, 깊은 절망감을 느끼는 것은 안일지로도 어찌 할 수가 없었다.

안일지까지 노릴 생각은 없었던 것인가. 그게 아니라면 이미 모든 것이 끝났다고 여긴 것일까.

왕정이 손짓 한번을 하자, 문주를 압박하던 모든 무사들이 멈추기 시작한다.

"문주!"

"왔는가…… 흐."

가까이 다가가서 보니 문주의 상태는 확실히 처참했다.

죽지는 않을 것이나, 그 후유증이 족히 몇 년은 갈 것이다. 잘못하면 죽는 그날까지도 고생할 내상일지도 몰랐다.

"왜 무리를 했소? 차라리 시간을 끌지! 안 그래도 시험에서 얻은 내상도 다 치료하지 못했잖소?"

"크큭…… 안일지. 이 사람아. 이 몸이 물러나라고? 시간을 끌고? 그럼 내 자존심은!"

둘은 그 옛날, 문주와 장로가 되기 전의 모습으로 돌아간 듯했다.

"그놈의 자존심!"

"크흐…… 어울리지도 않는 자리지만, 끝까지 왔지. 다들 욕심이라 말해도 독곡을 통합해 보겠다고 나선 몸일세."

"그래서. 그래서 자존심이 중요한가?"

"그렇지! 오랜만에 옳은 소리를 하는군. 실패를 해도 마지막 자존심은 챙겨야 하지 않겠는가."

"후우……."

운마군은 원래 이런 사람이었다.

특유의 오만함과 자존심에 자신을 이끌어 가는 사내. 선대로부터의 꿈인 독곡의 통합을 해 보겠다고 나섰던 그다.

그런 그가 패배를 한다 하여 자존심을 버린다면, 그는 그로서 존재하기가 힘들 것이다. 몸이 상할지언정 자존심을 지킨 셈이다.

"조금 쉬게나."

"큭…… 어쩔 수 없이 맡기겠네."

혼혈을 짚는 안일지의 손을 거부하지 않는 운마군이었다.

내부에서 내분을 일으키고, 의견이 갈린다 하더라도 친우로서 그를 믿기에 맡기는 것일 게다.

"무일 원하는 겐가? 피인가? 그도 아니면……."

"피도, 원하는 것도 없습니다. 다만 제자리는 찾아야겠지요."

"……."

제자리라. 대체 무엇이 제자리로 돌아가는 것일까?

그렇게 안일지와 왕정의 협상 아닌 협상이 시작되었다.

*   *   *

대화가 시작되고부터 왕정은 미리 약속이라도 한 듯 모든 공격을 중지하였다. 쓸데없는 소요는 그도 일으키기 싫은 듯하였다.

"치밀하기도 하군."

"칭찬으로 듣지요."

공격을 당하여 부상을 입은 자들의 대부분은 안일지와 다른 의견을 가진 자들이 다수였다. 독곡의 전통에 반항하는 운마군을 따르는 자들이라고 보는 것이 더욱 정확하리라.

그 외에 다수는 무공이 약한 자는 일독지문에서 뿌린 듯한 독에 중독되어 몸져누웠다. 무공 실력이 어정쩡한 자들은 녹군의 무사들에게 제압을 당한 듯했다.

사망자가 아주 없었던 것은 아니나, 그 큰 소요를 일으킨 것치고는 없다고 봐도 무방할 정도였다.

사망자들이 나온 것도 녹군과 일독지문의 고의에 의한 것이라기보다는 사고에 의한 것이었다. 상황이 크게 일어나다 보니 일어난 사고다.

사망자들에 대한 안타까움이 없는 것도, 원한이 전혀 쌓이지 않는 것도 아니다. 소중한 동료들이자 같은 일문의 제자들이 죽지 않았는가. 안타깝지 않을 수가 없었다.

"처음부터 이걸 노린 건가?"

"……사망자야 노린 바는 아닙니다만은, 지금의 대화라면 미리 준비하셨다 봐도 됩니다."

"그런 건가. 후우."

허나 지금은 그 모든 것을 넘기고 지금은 대화를 해야 했다. 어쨌든 자신은 패자이며, 상대는 유리함에도 살상을 자제한 승자다.

"무얼 원하나?"

"아까 말씀드린 대로 제자리를 원합니다. 독곡은 독곡답게 돌아가는 것이 가장 옳은 일이지요."

이 부분. 이 생각. 이 대화가 이뤄지기까지 왕정도 고민이 많았다.

마음 같아서는 모든 것을 쓸어버리고도 싶었던 그다. 본래 그의 성격이 잔인하지는 않으나, 적에 관해서 보여주는 특유의 냉정함을 생각하면 가능할 일일는지도 몰랐다.

'허나 그래서는 안 되었다⋯⋯.'

자신의 마음대로 하기엔 걸리는 바가 많았다.

이곳을 터전으로 사는 운민과 그녀를 따르는 일독지문. 그리고 그들과 이어진 깊은 인연. 마지막으로 그의 할아버지.

왕정의 의견을 따르겠다며 아무 말을 하지 않은 독존황이나, 그의 마음을 못 알아챌 리 없는 왕정이지 않은가.

독존황은 자신이 떠나기 이전의 독곡을 원하는 듯했다.

독막과 일독지문은 함께 상부상조하며, 녹군은 자신을 달련하는 데 힘쓰고, 그 정신적 지주로 사혼방이 있던 수백년 전의 그 모습.

그 모습을 그리워하고 있는 독존황을 두고서 어찌 성질대로 피를 보겠는가. 그렇기에 지금의 상황을 만들어 낸 왕정이다.

"제자리라⋯⋯ 중원에서 온 그대에게 그런 말을 들을 줄은 정녕 몰랐네."

"후후. 원래 세상사란 게 다 그런 거지요."

"애 늙은 같은 말이군. 후우…… 자네가 온 지난 몇 달…… 정말 많은 것이 변해버렸군."

그리 길지 않은 몇 달 사이에 일어난 일이나, 많은 고심 끝에 나온 계획이었기에 가능한 일이었다.

'물론 처음부터 모든 것이 계획대로 이뤄진 것은 아니지만…….'

어쨌든 결과는 좋았다.

"녹군이 연합을 하고, 일독지문이 옛 성세를 찾아가고 있다는 게 믿기지도 않는군. 금세 일어난 일이라 꿈일까 생각이 들 정도일세."

"현실인 것이지요. 또한 수백 년 전의 그때처럼, 다시 제자리로 돌아가기 위한 순리기도 하고요."

"순리(純理)라……."

왕정의 말을 곱씹어보는 안일지다. 강직하면서도 때로는 유한 성격을 가진 그이기에 다른 어떤 말보다도 순리라는 말이 가장 크게 와 닿는 것이리라.

'그래. 이게 맞을 지도 모르지…… 허허. 순리라……'

그의 눈에 독막을 독곡 최고의 문파이자, 독곡을 아우르는 곳으로 만든다 하던 운마군이 스쳐 지나간다.

그런 그를 못내 따라주던 자신의 스쳐 지나가며, 운마군이

억지로 벌였던 여러 패악에 관한 생각 또한 스쳐 지나가고 있었다.

'어쩌면 나조차도, 친우가 독막의 통합을 원한다는 핑계로 많은 것을 눈감고 있었는지도 모르겠지…….'

자신 또한 운마군처럼, 독막이 최고의 문파가 되겠다는 헛된 꿈을 무의식중에 꾸고 있었을지도 모르리라.

이제는 그런 망상을 접고 제자리로 가야 할 때가 온 듯하였다. 아주 오래전에 말하던 독곡다운 평화로움으로 말이다.

"……부상자를 치료하고. 그대가 독인이 되었음을 인정하면 되는 것인가?"

"그것이야 기본이지요. 그 다음이 있습니다."

"다음이라? 보상을 바라는 것이라면 내 힘이 닿는 대로 해 줌세."

보상을 바라는 것이야 의외나, 상관은 없었다. 그쯤이야 해 줄 수 있다 생각하는 안일지였다.

헌데 이어지는 왕정의 말은 전혀 생각지도 못한 이야기였다.

"그런 쉬운 것이었다면 얼마나 좋았을지요. 생각 이상의 이야기가 될지도 모르겠습니다."

그날 밤. 아니, 이제는 밤이지나 이른 새벽이 되어 가고 있는 그 시간.

왕정은 호군웅에게 그러하였듯, 자신이 알고 있는 바와 앞으로 해야 할 일에 대하여 차분히 설명을 하기 시작하였다.

　패배에도 침착하기만 한 안일지 또한 당연히 놀랄 만한 이야기가, 왕정의 입에서 그의 귀로 전해지고 있었다.

第十五章

물어보다

사천은 예로부터 복잡하게 돌아갈 수밖에 없었다. 구파일 방 중 둘에, 오대세가 중 하나가 있으니 당연한 일이다.

　그들은 언제나 그러하듯 쉼 없이 서로를 견제해 왔다. 같은 정파라 하더라도 서로의 발전을 위해서는 어쩔 수 없는 일이었다.

　때로는 아미가, 또 때로는 청성이 사천을 주름 잡고는 했다. 그 긴 역사 속에서 당가가 사천의 으뜸 문파가 되는 시절은 많지 않았다.

　헌데 그 많지 않은 기간 중의 하나가 바로 지금이다. 아니 지금까지였다.

아직까지는 사천의 중심이라 할 수 있는 당가이나, 근래에 들어서는 그 권위가 떨어지고 있다는 것을 누구도 부정하지는 않으리라.

하기야 어쩔 수 없는 일이기도 하였다.

예로부터 무림에 얼마나 많은 영웅들이 뜨고 졌는가.

그들 영웅 가운데에서 누군가는 문파를 홀로 멸문시키기도 하였고, 또 누군가는 거대한 문파를 만들어 세를 구가하기도 하였다.

한 개인. 그리고 개인임에도 집단보다도 강한 힘을 낼 수 있는 무공.

그 둘의 조합은 지금도 많은 무림인들에게 희망을 준다. 자신 또한 선대의 영웅들과 같이 무림을 휘저을 수 있을 거라는 희망이란 것을.

동시에 절망을 준다. 많은 이유로 말미암아, 자신은 그런 영웅이 될 수 없다는 절망을 대다수의 무인들이 받는다.

그렇기에 무인들은 자신의 절망과 희망을 공감 삼아 쉼 없이 무림을 주시한다.

누가 영웅으로서 뜨고 지는지, 어떤 문파가 어떤 명사를 배출하여 세를 구가하는지를 끊임없이 탐닉하며 자신의 절망과 희망을 담는 것이다.

그러니 사천당가의 일 또한 많은 이들에게 주시를 받을 수밖에 없었다. 왕정과 당가의 부딪침은 평화로운 무림에 있어 꽤나 매력적인 소재였으니까.

그 결과로 사천 당가는 패배를 선고받았다.

"옛날만은 못 하지."

"차라리 아미파가 낫지 않겠어? 근래에 들어서 꽤나 떠오르는 여승들이 많다고 하던데."

"그럴지도 모르지. 청성이야 완전히 당가의 앞잡이가 된 지가 오래이니까……."

여전히 사천당가를 주름잡고 있는 당가다. 그들이 사천에서 가장 강한 문파인 것은 변화가 없다.

하지만 그들이 세력 이상으로 목을 매는 명성에 상처를 받았다. 당가가 왕정에게 당하였다는 결과는 당가에 꽤나 뼈아픈 결과를 가져다주고 있었다.

"흐흠…… 이곳의 식객으로 발을 들이기보다는…… 차라리 아미가 낫지 않은가?"

"아무렴. 제갈가도 낫기는 하지. 말년에 편히 보내려면 흠이 있는 곳은 피하는 게 좋지 않겠는가."

당장 문파에 있어 세력이 됨과 동시에 세를 과시할 수 있는 많은 식객들이 떠나기도 하였다.

슬슬 식객으로 발을 들이려던 자도 다른 문파로 몸을 의탁한 자가 다수였다.

"저희가 최선을 다해서 맡도록 하겠습니다."

"커흠…… 표두는 누가 맡는가?"

"당우염 님이 맡사옵니다. 전에도 그러하듯 가장 안전하게 표물을 운반해 주는 분이시지 않습니까?"

사업체에도 타격이 없을 수가 없었다. 가까이는 표국에서 부터 그들이 운영하는 상가에 이르기까지 조금씩이지만 타격이 갔다.

도가나, 불가로부터 기원이 된 구파일방과는 다르게 오대세가의 경우 중원의 생활이란 것에 깊게 관여가 되어 있다.

아니, 관여가 될 수밖에 없었다.

무를 닦는다 하는 무인이지만, 그들은 좀 더 세속적으로 세상을 살아가는 하는 자들이지 않은가. 상권에 관여하지 않을 수가 없었다.

그러니 명성이 떨어지자 타격이 올 수밖에. 오지 않는 것이 더욱 이상한 상황이었다.

"그래서 대체 당가는 요즘 무얼 한다고 하던가?"

"도통 그것을 모르겠어. 그들의 성격상 뭐라도 하려고 나설 터인데 말이지."

"흐흠……."

재미있는 점은 요즘의 당가는 꽤나 묘한 행보를 보이고 있다는 점이다.

여러 방면에서 받는 타격들이 어디 보통의 타격들이던가. 일개 개인에게 받은 타격이라고 보기에는 뼈아픈 것들뿐이다.

그럼에도 당가는 언제부터인가 침묵을 지키고 있었다.

활발하게만 하던 대외적 활동도, 식객을 끌어들이기 위한 작업도, 상권을 지키기 위한 어떤 움직임도 없었다.

그들은 침잠하여 내려가는 것이 그들의 의무라도 되었다는 듯, 외부 활동이 거의 없이 두문불출하고 있었다.

"가주를 뵐 수 있겠는가?"

"현재 출타 중이십니다."

"허허. 그렇다면 당운성 장로는?"

"폐관 수련중이신지라…… 죄송합니다."

"흐음…… 알겠네."

그들답지 않은 모습에, 그들의 속내를 알고 싶어 하는 자들 다수가 당가를 찾았으나 그 누구도 소득을 얻지 못했다.

다만 그들의 침잠된 모습에서 무언가 있겠거니 넘겨짚을 뿐이었다.

당가의 심처.

오직 그곳에서만큼은 당가가 무엇을 하는지를 알고 있었다. 아니, 그 어느 때보다도 바삐 돌아가고 있다 하는 게 더욱 어울렸다.

당이운이 당가주인 아버지에게 오랜만에 자신 있게 보고를 올린다.

"아버지, 당중십독 중 다수는 미리 보급하였습니다."

"흐음? 생각보다 빠르구나?"

근래에 들어 꾸지람을 듣기만 하던 셋째다. 그 셋째가 오랜만에 좋은 소식을 안고 들어왔다. 생각보다 빠른 속도였다.

"쉬운 일이었습니다. 놈이 사용하던 방법을 사용했을 따름이니까요."

"놈이라 함은…… 흐음…… 알겠구나."

부자가 놈이라 칭하는 자들은 많지 않다. 아니 근래에 들어서는 하나뿐이었다. 왕정이다.

"독지라도 만들었나 보구나?"

"거기까지는 무리였습니다. 정확히는 시간이 촉박하였지요. 대신에 이미 있는 독지를 더욱 강하게 하는 건 쉬웠습니다."

독지를 강화했다라? 어떤 방식으로 하였는지 설명은 하지 않았으나, 대충 알 만하였다.

그 방법을 굳이 입에 담지 않는 것을 보면, 당중십독을 얻기까지의 과정이 그러하였듯, 정파의 문파로서는 사용하지 않아야 할 방법을 사용했을 것이 분명했다.

"잘했다. 그렇다면 앞으로는 좀 더 쉬이 독을 얻겠구나?"

"여부가 있겠습니까? 게다가 옥의 사람들도 꽤나 보탬이 되었습니다. 슬슬 인중독(人蚰毒)도 얻어 낼 수 있을 듯합니다."

인중독이라니? 그건 무슨 독이라는 말인가.

아직까지 세상에 알려지지 않은 독이었다. 허나 그 위력이 보통이 넘을 것은 말을 하지 않아도 알 만하였다.

"허허. 잘하였다! 아주 잘하였어!"

당가주만은 인중독이 무엇인지 확실히 아는 듯, 셋째에 대한 칭찬을 하기 바빴다.

"필요한 것이 있으면 말하려무나. 옥의 제물이 아니더라도, 원한다면 얼마든 구해 주마."

"후후. 제 나름대로 방안을 찾았으니 걱정하지 마시지요."

자신만만해 보이는 당이운이다.

근래에 들어, 가주의 명을 수행하면서 어설퍼 보이던 면모를 꽤나 지워낸 듯하였다. 어설픔을 지운만큼이나, 살심이 깊어진 눈을 보면 잔혹성마저 증가한 것이 분명하였다.

어떤 패악을 부리고, 어떤 잔혹한 일을 벌이고 있는 것인지는 모르나 보통의 일은 아닐 것이 분명하였다.

그렇게 당가는 정파답지 않은, 아니 사파보다도 사특한 어떤 방법으로 업을 쌓아가며 그들만의 준비를 하고 있었다.

*   *   *

독막에서는 원한을 가질 법도 하였다.

사망자가 발생한 것이 사고이기는 하였다. 허나 어디 당한 사람들 입장에서 원한이 그리 쉽게 가실까.

실수였다고 넘어가기에는 고래로부터 세상이 너무 각박했다.

그러나 독막은 그들의 원한을 접었다. 아니 아예 없던 것처럼 녹군, 일독지문과 합일하여 움직이기 시작하였다.

자신들이 가진 원한 따위는 별것도 아닌 것처럼.

"이대로만 진입을 하면 사혼방의 중심에 금방 도달할 것이네."

안일지가 왕정을 바라보며 말한다.

"생각 이상으로 복잡하군요."

독곡의 사람들에게는 멀면서도 가깝게 느껴지는 것이 사혼방이다. 그들의 정신적 지주이기에 그리 느끼는 것이다.

헌데 그들에게 도달하는 길조차도 가까우면서도 멀 줄이야.

거리로만 보면 짧기만 한 길이었으나, 실제로 이곳에 도달하기까지의 과정은 굉장히 지난하였다.

실제로 이곳까지 안내를 맡기로 한 안일지와 녹군 호군웅의 표정이 초췌한 것만 보아도 알 만하지 않은가.

독곡의 관혼상제를 맡고, 동시에 액독을 사용하는 것을 특기로 하는 사혼방은 액독 활용의 극치를 보여주었다.

단순히 액독을 자신들의 영역에 깔아 둔 것만이 아니라, 활용하고, 응용하고, 지배하였다고 함이 옳았다.

'그때 만든 혼합독은 애들 장난 수준이었을지도 모르겠군.'

긴 세월 동안 독곡의 다른 세 문파들이 발전을 해나가는 동안 사혼방도 쉼 없는 발전을 해 나아갔던 것이다.

허나 아무리 발전을 했다 하여도, 세 문파의 연합에는 어쩔 수 없었던 듯하였다. 그들도 결국 굳게 닫힌 입구를 열 수밖에 없었다.

"이 안에만 들어서면 사혼방주가 있는 곳이라 이거지요?"

"그러네. 음…… 다른 이들은 다녀갔어도 자네는 다녀간 바가 별로 없었던가?"

사혼방주에게 도달하기까지 얼마 남지 않았다.

"아무래도 이곳에 있던 시간이 그리 길지만은 않았으니까요. 후우……."

독곡의 사대 문파 중의 하나인 사혼방.

그 중심이 자신의 바로 눈앞에 자리하고 있었다. 이제 그 안에 들어서면, 이차 시험 때 있었던 문제를 해결할 수 있을지도 모른다.

'무엇부터 물어야 할까? 아니, 대체 왜 그랬는지를 물어보아야 할까?'

모를 일들이다. 어느 하나 쉽게 풀어질 일이 없을지도 모른다. 아니, 되려 쉽게 해결이 될지도 모를 일이다.

세상일이란 알다가도 모를 일이니까.

화아아악!

왕정이 사혼방주의 처소로 통하는 문을 열자, 문을 중심으로 밝은 빛이 어둡기만 하던 처소를 밝게 비추기 시작한다.

그 처소의 안에는 전혀 생각지도 못한 광경이 펼쳐져 있었다.

혈투가 벌어졌던 것이 분명했다. 몇 되지도 않는 사혼방원들의 시체가 둘로 나뉘어 있었으며, 서로 다툰 흔적이 역력했다.

"허허…… 왔는가?"

그리고 그 중심에 피 칠갑을 한 채로 왕정과 호군옹, 안일지를 맞이하는 사혼방주가 있었다.

사특한 눈빛이 아닌, 정명함이 가득한 눈으로 그들을 맞이하는 사혼방주. 그는 대체 무슨 사연을 가지고 있기에 시산혈해의 광경에서 그들을 맞이하는 것일까?

〈다음 권에 계속〉